DER RAUBÜBERFALL

DER LÖWE UND DIE DIEBIN BUCH 1

KATE RUDOLPH

Übersetzt von
RENATE DÖRING

DER RAUBÜBERFALL

DER ALPHA BESCHÜTZT, was ihm gehört ...

Niemand bestiehlt Luke Torres. Seine Festung ist legendär und sein Löwenrudel ist tödlich und bereit, sich jeder Bedrohung zu stellen. Als Luke Mel zum ersten Mal begegnet, haut sie ihn mit einem sengenden Kuss von den Socken, aber nach der zweiten Begegnung ist sie seine Gefangene in einem lebensgefährlichen Spiel von Katze gegen Katze.

Die Diebin ist der Aufgabe gewachsen ...

Als Mel den Auftrag annimmt, weiß sie, dass es

eigentlich unmöglich ist. Aber für die beste Diebin in der Welt des Übernatürlichen ist eine unmögliche Aufgabe eine unwiderstehliche Herausforderung. Insbesondere, wenn die Bezahlung für diesen Job sie ihrer Rache einen Schritt näher bringt. Als der Job schief geht, befindet sie sich in der Höhle des Löwen und trifft auf den verführerischsten Mann, der ihr jemals begegnet ist.

Kann sie einen Weg finden, den Job durchzuführen, ohne ihr Herz zu verlieren?

KAPITEL EINS

DER JOB GING in die Hose, kurz nachdem Mel den USB-Stick aus dem Tresor herausgeholt hatte. Die Bezeichnung ‚Tresor' war allerdings stark übertrieben für dieses traurige Exemplar eines Safes in den Räumen der Geschäftsführung. Das Ganze hätte viel schwieriger sein müssen. Sie war sicher, dass das Unternehmen von Wissenschaftlern geführt wurde, die keine Ahnung von wirksamen Sicherheitsmaßnahmen hatten.

Umso besser für sie.

Sogar noch besser war, dass die lächerlichen Sicherheitsvorkehrungen es zu einem Ein-Mann – oder genauer gesagt Eine-Frau – Job machten. Mehr Geld für sie, und weniger Leute, die es vergeigen konnten. Genau so mochte sie es. Während sie den letzten Flur des Gebäudes entlangsprintete, dachte sie lieber nicht darüber nach, dass es mit Krista und Bob vielleicht doch ein bisschen leichter gewesen wäre. Sie war durchaus in der Lage, alleine zu arbeiten und hatte das jetzt auch schon eine Weile getan.

Sie hörte zuerst das Bellen der Hunde, gefolgt von den stampfenden Schritten der Wachleute. Mel konnte den Wachen davonlaufen, kein Problem. Die Hunde waren ein anderes Thema. Sie hoffte, sie würden sie nicht einholen. Sie hatte schärfere Zähne und viel gefährlichere Klauen als die Hunde, aber Gewalt gegen Unschuldige war noch nie ihr Ding gewesen. Wenn nötig, war sie dazu bereit, aber die Tiere hatten es nicht verdient.

Was zum Teufel hatte diesen verdammten Alarm ausgelöst?

Sie stürmte mit vollem Karacho durch die Doppeltür und spürte kaum den Aufprall, gefolgt von einem Sprint über den Parkplatz, der nur vom schwachen Licht der Straßenlaternen beleuchtet wurde. Mel hätte sich selbst in den Hintern getreten, wenn sie dafür noch die Energie übrig gehabt hätte. Ihr Auto stand fast eine Meile entfernt. Sie hatte absolut nicht damit gerechnet, die Distanz rennen zu müssen. Sie war sich sicher, dass sie keinen Alarm ausgelöst hatte.

Und doch war sie hier und rannte so schnell sie konnte, um ihren Hintern in Sicherheit zu bringen.

Aber gut, dann war das eben so. Die Alternative wäre, sich von idiotischen Menschen und ihren Haustieren gefangen nehmen zu lassen. Oder sie alle zu töten. Keine der beiden Optionen klang attraktiv, also blieb nur der Sprint. Sie überquerte den Parkplatz und erreichte den Grasboden eines kleinen Wäldchens, das an das Bürogebäude grenzte. Dieser Park sollte das Firmengebäude angeblich nahtlos in die Natur integrieren, um den Mitarbeitern ein gesünderes Umfeld zu bieten. Mel hatte noch kein Firmengebäude gesehen, das sich erfolgreich in die Natur integriert, und diese Forschungseinrichtung war keine Ausnahme.

Grillen zirpten und nachtaktive Kreaturen suchten Deckung, als sie an ihnen vorbeiraste. Das hätten sie natürlich auch getan, wenn sie nur eine normale Person gewesen wäre, aber ihr Geruch musste sie verwirrt und umso mehr erschreckt haben. Der Halbmond stand hoch am Himmel und in seinem Licht konnte sie genug sehen, um sicher ihren Weg zwischen den Bäumen zu finden.

Während sie bei diesem Licht deutlich sehen konnte, konnten die Sicherheitskräfte das nicht. Sie konnte sie immer noch hören, aber sie waren langsamer geworden. Und die Hunde auch. Gut.

Nach ein paar weiteren Metern war sie von Stille umgeben. Der Wald sah aus wie vorher, aber alle Geräusche waren verschwunden. Mel schaute hinter sich und sah ein ganz schwaches Schimmern der Luft. Sie hob langsam ihre Hand und schob sie nach vorne. Die Luft bildete einen Widerstand.

Ein Schutzzauber.

Sie hätte den Widerstand durchbrechen können; dieser Zauber war nicht dazu gedacht, sie gefangen zu halten. Aber ihre Neugier war größer. „Zeige dich, Hexe." Es lag eine gewisse Drohung in ihrer Stimme. Aber es war noch kein Fauchen.

Eine Frau trat aus den Schatten. „Willst du mich wirklich so begrüßen, Mellie?" Sie sah aus wie um die Vierzig, aber Mel hatte ihr genaues Alter nie erfahren. Jeder mit magischen Fähigkeiten konnte sich so alt erscheinen lassen, wie er wollte. Das Aussehen hatte keine Bedeutung, wenn jemand sowohl dreißig als auch dreihundert Jahre alt sein konnte. Die Frau trug eine schwarze Hose und ein dunkelgraues Oberteil, gut geeignet, um so spät in der Nacht nicht aufzufallen. Ihr einziger Schmuck war ein Paar einfache Diamantohrringe, die fast von ihrem dunkelbraunen schulterlangen Haar verdeckt wurden.

Und auf einmal wurden einige Dinge klarer. „Hallo Tina. Hast du den Alarm ausgelöst?" Sie war überrascht über die Verachtung, die sie empfand. Schließlich hatte sie sich schon lange an Tinas Mätzchen gewöhnt.

Tina lachte aus vollem Hals. Wenn der

Schutzzauber nicht gewesen wäre, wäre ihr Lachen durch den ganzen Wald zu hören gewesen. „Vielleicht wirst du einfach nur nachlässig."

Mel schluckte die Antwort, die ihr auf der Zunge lag, hinunter. „Wenn ich nachlässig bin, warum bietest du mir dann einen Job an?"

Tina legte eine Hand auf ihre Brust und ihr Mund öffnete sich leicht – ein Bild der perfekten Unschuld. „Das verletzt mich jetzt aber, meine Liebe. Vielleicht wollte ich nur reden."

„Mitten in einem Wald, während Wachen hinter mir her sind?" Mel lehnte sich gegen eine der stabilen Eichen, etwas friedlicher gestimmt. „Gut, lass uns reden."

Tina warf ihre Haare nach hinten über die Schultern und stemmte die Hände in die Hüfte. „Der Scharlachrote Smaragd."

Wenn Mel etwas in der Hand gehabt hätte, hätte sie es fallen lassen. Tatsächlich fiel es ihr schwer, einen neutralen Gesichtsausdruck beizubehalten. „Wie kommst du darauf, dass mich dieser Vorschlag nicht beleidigt?" Der Scharlachrote Smaragd war eine Legende unter den Gestaltwandlern.

Tina war voll des Hohns. „Ich bitte dich. Du tust alles, wenn der Preis stimmt."

Diese kleine Bemerkung brachte Mel beinahe dazu, das Ganze rundweg abzulehnen. Für wen zum Teufel hielt Tina sie eigentlich? Irgendeine miese kleine Diebin, die nicht das Zeug zur Hexe hatte? Jedenfalls nicht zu einer mächtigen Hexe. Aber Mel war nicht bereit, so weit zu gehen. Zumindest nicht jetzt. „Es gibt vielleicht – *vielleicht* – drei Leute, die das durchziehen könnten. Und das sind alle, die mir spontan einfallen." Sie hielt einen Finger hoch. „Cyn wurde vor zwei Jahren von Vampiren erwischt, damit ist sie raus. Ice Queen würde es nicht einmal versuchen. Damit bleibe nur ich übrig. Und wenn ich entdeckt werde, wird ein Kopfgeld auf mich ausgesetzt, hoch genug, um ganz Kansas zu kaufen. Kein Interesse."

„Hast du Angst vor diesem Kätzchen?" Die Stimme der älteren Frau triefte vor Verachtung. „Torres kann dich trotz seiner Festung nicht aufhalten, selbst wenn er es wollte."

Lucio Torres, Alpha eines kleinen Katzenclans, war der derzeitige Besitzer des Scharlachroten Smaragds. Jeder wusste das. Ohne weitere Nachforschungen war das allerdings alles, was Mel wusste. Anscheinend hatte er bisher jeden Kampf gewonnen und seine Wachen hatten den Ruf, die Besten zu sein. Doch sie konnte sie überlisten.

Aber sie würde es nicht tun. Dieser Auftrag war quasi ein Todesurteil.

„Du willst nicht einmal den Preis wissen?" Tina hob eine Braue. Mit einer blitzschnellen Bewegung ihrer Hände ließ sie einen reinen Diamanten in einer

Platinfassung vor Mel baumeln. „Für die Unannehmlichkeiten."

Unbewusst griff Mel mit klopfendem Herzen danach. Aber Tina zog ihn schnell wieder aus ihrer Reichweite. „Ist das der von Ava?", fragte Mel. Hass stieg in ihrer Kehle auf und sie konnte fühlen, wie ihre Krallen unter ihrer Haut auf den richtigen Moment warteten, herauszufahren.

Tina lächelte. „Ja. Du hast hellseherische Fähigkeiten."

Den Job anzunehmen wäre Selbstmord. Das würde sie, und wahrscheinlich auch ihr Team, das Leben kosten. „Wieviel Zeit hätte ich?" Sie holte nur Informationen ein, keine Verpflichtung.

„Drei Wochen."

Definitiv Selbstmord. Sie hätte keine Zeit, sich richtig auf den Auftrag vorzubereiten. „Lass mich den Edelstein nur für einen Moment halten."

Tina warf ihn ihr zu und Mel pflückte ihn mit einer leichten Bewegung aus der Luft. Es war ein langer, schlanker Diamant, der oben in eine Fassung aus Platin eingebettet war. Die Kette war lang genug, um zwischen den Brüsten einer Frau getragen zu werden, und der Edelstein war fast klar und rein. Mel legte ihre Hand darum. Sie konnte Ava vor sich sehen, wie sie ihn trug, und wie ein Blutstropfen am unteren Ende des Steins hing.

Der Diamant in ihrer Hand leistete einen kleinen

Widerstand. Mel ließ ihn los und sah zu, wie er zu Tina zurück flog, die sagte: „Sag Krista liebe Grüße." Sie lächelte und verschwand. Sie wartete nicht darauf, dass Mel den Job annahm.

Sobald Mel den Stein berührt hatte, hatten sie beide gewusst, dass sie es tun würde.

Es gab schlimmere Arten zu sterben.

KAPITEL ZWEI

EINE WOCHE später

Eagle Creek, Colorado, hatte zwei schmuddelige Motels und ein Restaurant, in dem Mel sich sicher genug fühlte, um dort zu essen. Es war nicht die Kundschaft, wegen der sie sich Sorgen machte – es war das Essen. Und sie war dafür bekannt, dass sie ihre Beute blutig aß, wenn sie als Katze unterwegs war. Aber eine Frau in menschlicher Gestalt war es sich schuldig, einige Standards zu haben. Krista und Bob waren bereits an ihrem Tisch. Er stand in der äußersten Ecke, auf der gegenüberliegenden Seite des Raumes, möglichst weit sowohl von der Bar als auch von den Toiletten entfernt.

Das Eagle Creek Bar and Grille – das zusätzliche E sollte eine gewisse Klasse suggerieren – war nur ein kleines Restaurant. Vielleicht zwanzig Tische und eine robuste Bar mit einem Dutzend Hockern. Die Bewohner der Stadt fühlten sich hier wohl, aber die Camper, die auf ihrem Weg in die Berge durch den Ort trampelten, sahen den Charme wahrscheinlich nicht. Mel konnte den Charme auch nicht erkennen, aber es war besser als Ramen-Nudeln aus der Mikrowelle von der Tankstelle.

Um sieben Uhr an einem Dienstagabend war das Restaurant, wie zu erwarten, gut besucht. Alle Tische, bis auf einen, waren besetzt und die Kellnerinnen flitzten in Windeseile hin und her, servierten Getränke und brachten das Essen. Nach den Gesprächen mit den Gästen zu urteilen, arbeiteten die Kellnerinnen schon lange hier und viele der Anwesenden waren Stammgäste. In einer Stadt dieser Größe konnte es auch nicht anders sein.

Der schroffe Mann hinter der Bar war ein Gestaltwandler, wahrscheinlich eine Katze. Und wenn Mel raten sollte, ebenso die vierköpfige Familie an dem Tisch, der am nächsten zum Fenster stand. Aber beide Kinder waren noch nicht alt genug. Es gab so gut wie keine Gestaltwandler, deren Fähigkeiten sich vor dem Ende der Pubertät zeigten. Aber die Eltern waren kein Paar. Nicht, wenn die Blicke des Vaters, die auf ihrer Brust klebten, ein zuverlässiger Hinweis waren.

Alle anderen waren Menschen. Sie sah es ihnen an. Durch ihr Parfüm war es unmöglich, sie am Geruch zu unterscheiden. Ein Handicap, aber es lohnte sich, da es so für das örtliche Rudel schwierig sein würde, sie als Gestaltwandlerin zu erkennen. Die Kasse war vorne, der Safe wahrscheinlich irgendwo hinten, vielleicht am Boden festgeschraubt, wenn sie schlau waren. Sie konnte sie in wenigen Minuten um ein paar Riesen erleichtern, aber das war es nicht wert. Nicht, wenn sie wochenlang in der Stadt bleiben und mehr als genug Geld haben würden.

Sie sah Krista ungeduldig schnauben, die Arme vor sich verschränkt. Die Frau verkörperte alles, was man sich unter dem Wort ‚Elf‘ vorstellt. Sie war kaum 1,50 m groß, hatte kurzes, braunes, abstehendes Haar und ihre Haut leuchtete in einem Bronzeton. Sie sah aus wie eine Art Waldnymphen-Punk. Und da Mel genau wusste, wie hart sie zuschlagen konnte, wusste sie, dass sie der Frau das niemals sagen würde.

Bob hingegen war … Bob. Sie hatten gemeinsam ein paar Jobs erledigt, bevor sie anfing, alleine zu arbeiten, und er war der Erste, den sie anrief, als sie ein Team brauchte. Aber wenn jemand sie bitten würde, ihn zu beschreiben, könnte sie es nicht, obwohl sie ihn direkt ansah. Er war ein Mann mit braunen oder schwarzen, vielleicht blonden Haaren und Augen ... die Augen waren dort, wo sie hingehörten, zusammen mit Nase und Mund. Sie fand, seine Haut sei dunkel, konnte den Ton aber nicht genau beschreiben. Es musste ein Wahrnehmungszauber sein, aber sie spürte nie den magischen kleinen Nadelstich, den eine normale Hexe ausstrahlte. Aber wenn es darauf ankam, wusste sie immer, dass er Bob war und dass er für sie da war. Und wenn es nach ihr ging, war mehr auch nicht nötig.

Sie setzte sich gegenüber ihren Partnern an den Tisch. Mit einem Nicken aktivierte Krista einen Abhörschutzzauber. Dieser Zauber würde zwar alles verzerren, was sie sagen, so dass niemand um sie herum den Inhalt ihrer Unterhaltung verstehen würde. Aber trotzdem wäre immer noch das Murmeln ihrer Stimmen zu hören. Niemandem ist das jemals aufgefallen und die Magie war so subtil, dass nicht einmal Mel mit ihren stark ausgeprägten Sinnen sie sicher wahrnehmen konnte.

„Also, warum hast du uns hierher bestellt?", fragte Krista. „Ich dachte, Teamwork wäre nicht mehr dein Ding." Ihre Stimme hatte eine Schärfe, und Mel wusste, dass dies gerechtfertigt war.

„Tina hat mir den Job angeboten." Kristas Augenbrauen schossen hoch, während sich ihre

Lippen verzogen, also fuhr Mel fort. „Und ich kann es auf keinen Fall alleine schaffen. Ich traue niemandem mehr als euch beiden zu, das durchzuziehen."

„Der Scharlachrote Smaragd?", fragte Bob in neutralem Ton. „Glaubst du, ich habe Todessehnsucht, Kitty?"

Mels Hand ballte sich zur Faust, als sie den Spitznamen hörte. Er musste wirklich sauer sein. „Ja. Und als Bezahlung könnt ihr jeden Gegenstand aus meiner Sammlung haben, den ihr wollt. Jeder einen." Sie wäre sogar bereit, noch viel mehr wegzugeben, um an Ava heranzukommen. Aber dazu musste es nicht kommen.

„Und du musstest uns ins Gestaltwandler-Territorium bringen, um uns das Angebot zu machen?" Krista sah nicht zufrieden aus. „Wir beide haben wahrscheinlich allein dadurch, dass wir hierher geflogen sind, schon drei Verträge gebrochen. Mal abgesehen davon, dass wir in einer Bar sitzen, die dreizehn Meilen vom Schloss des Katzenkönigs entfernt ist!" Wenn es nicht nötig gewesen wäre, sehr diskret zu sein, hätte die jüngere Frau mit der Faust auf den Tisch geschlagen. „Das ist manipulativer Schwachsinn, Mellie, versuch das nicht bei mir. Wenn du mich für einen Job haben willst, frag einfach."

Bob sagte nichts, aber er nickte zustimmend.

Mel nahm sich einen Moment Zeit und versuchte,

die Spannung aus ihren Schultern weichen zu lassen. „Helft ihr mir, den Scharlachroten Smaragd zu stehlen? Ohne euch kann ich es nicht tun." Es tat nicht einmal weh, es zu sagen, nicht zu Bob und Krista. Das war eine Überraschung.

Ihre Partner grinsten sich gegenseitig an. „Und dieser Diamant so groß wie Bobs Faust?"

Mel wusste genau, wovon sie sprach. Dem Diebstahl waren sechs Monate Planung vorausgegangen. „Er gehört dir." Sie sah Bob an.

Er zuckte mit den Achseln. „Ich bin sicher, mir wird was einfallen." Sicher, ihm fiel immer etwas ein.

Sie beugte sich vor, die Ellbogen auf dem Tisch. Sie konnte beinahe die Stimme ihrer Mutter hören, die schimpfte, sie solle sie vom Tisch nehmen. „Es wird schwierig. Kein Bauplan, keine Informationen zum Sicherheitssystem. Und sie sind Gestaltwandler, das heißt, es ist um ein Vielfaches schwerer, dort einzudringen und sie zu bestehlen. Fast genau so schwer wie auf ein Gelände zu gelangen, das von einem Hexenzirkel geschützt wird."

Krista war nicht wohl beim Ergebnis der Analyse. „Versuch mal, einen Hexenzirkel zu bestehlen, ohne jemanden dabei zu haben, der Schutzzauber durchbrechen kann."

„Gibt es keine Unterlagen bei der Bezirksverwaltung?", fragte Bob.

Mel lächelte. „Laut den Aufzeichnungen lebt Mr.

Torres in einem 140 Quadratmeter großen, zweistöckigen Haus mit drei Schlafzimmern und zwei Badezimmern." Sie zog einen Ordner aus ihrer Tasche und legte die Fotos auf den Tisch vor ihnen.

‚Festung' war nicht ganz der richtige Begriff für Torres Anwesen. Dazu war es viel zu modern. Alles bestand aus geraden Linien und Beton, die Fenster im Erdgeschoss waren klein und ab der vierten Etage etwas größer. Das ganze Ding war so hoch wie die Bäume um es herum, und zum Glück kamen die Bäume fast bis zum Gebäude heran. Aus Sicht der Verteidigung war es eine dumme Entscheidung, aber eine Katze konnte dem Ruf des Waldes nicht widerstehen.

„Offensichtlich hat die Verwaltung gefälschte Unterlagen bekommen." Sie sah Krista an. „Wie kannst du mich reinbringen?"

Krista konnte zwar jeden niederschlagen, der sie auch nur falsch ansah, ihr wahres Talent lag jedoch im Bereich der Aufklärung und der taktischen Magie. „Ich habe da schon eine Idee. Ich brauche zwei Stunden. Sollte in der Lage sein, eine passable Darstellung des Innenbereichs zu bekommen."

Perfekt. „Wann kannst du anfangen?"

Krista lächelte. „Heute Abend. Ich warte schon seit Monaten auf eine Gelegenheit, dieses Baby zu benutzen." Krista liebte es, magische Geräte zu entwickeln, die selbst schwer bewachte Orte infiltrieren konnten.

Mel spürte ein Schaudern und sah sich um. Ein Mann in einer Lederjacke war gerade durch die Tür gekommen. Als sie ihn ansah war es, als würde eine elektrische Leitung ihre Brust, und noch ein paar andere Bereiche ihres Körpers, berühren. Es ging eine ursprüngliche Kraft von ihm aus. Sie drehte schnell ihren Kopf wieder weg. „Sieht so aus, als wäre der Alpha hier. Kannst du jetzt loslegen? Ich verschaffe dir etwas Zeit, um alles vorzubereiten." Wenn der Alpha aus dem Haus war, war die Gefahr beim Ausspionieren des Anwesens eher gering. Wenn jemand das durchziehen konnte, dann waren das Krista und Bob.

Ihre Mitverschwörer sahen sich an und führten ein stilles Gespräch. Ihre Mimik wechselte so schnell, dass Mel ihre Bedeutung nicht erfassen konnte. Es war nichts Telepathisches, die beiden hatten einfach nur schon so lange zusammengearbeitet, dass einige Gespräche nicht laut geführt werden mussten. Bob nickte schließlich. Krista sagte: „Verschaff uns so viel Zeit wie möglich, aber sorge dafür, dass er mindestens zwanzig Minuten hier bleibt. Wir treffen uns in drei Stunden in der Hütte." Mel nickte. Sie hatte für einen Monat eine nette Ferienhütte in der Nähe der Stadt gemietet, gerade ein bisschen außerhalb des Bezirks, in dem Luke Torres´ Territorium lag. Wenn er nach dem Raub die richtigen Leute ausfragte, würde er irgendwann herausfinden, wer dahintersteckte. Aber sie wollte es ihm nicht so einfach machen, dass er nur die Gästelisten der beiden Motels in der Stadt überprüfen musste.

Krista löste den Schutzzauber wieder auf und der Geruch der Katzen, die gerade hereingekommen waren, überwältigte sie fast, aber ihr Gesichtsausdruck blieb neutral. Bob und Krista glitten unauffällig hinaus und Mel sah ihnen nicht nach. Ihre Augen wandten sich dem Alpha zu.

Sie hatte einen Job zu erledigen.

IRGENDETWAS STIMMTE NICHT in Eagle Creek. Luke spürte es in dem Moment, als er durch die Tür kam. Auf den ersten Blick schien alles normal zu sein. Fast jeder der Anwesenden lebte in der Stadt, und er entdeckte auch die kleine Familie, die auf ihrem Weg durch die Berge in Sids Motel übernachtete. Aber sie waren in Ordnung, sie waren definitiv menschlich und sie hatten keine Ahnung, dass hier Leute waren, auf die das nicht zutraf.

Er ging zur Bar, wo Sinclair die glänzende Oberfläche abwischte. „Irgendwelche Neuigkeiten?"

Der Bart des Mannes bedeckte die Hälfte seines

Gesichts und hing einige Zentimeter herunter. Er verbarg eine böse, unschöne Ansammlung von Narben und bedeckte seinen Kiefer, so dass die Tatsache verborgen blieb, dass sein Gesicht schon einmal eingeschlagen worden war. Der Bart ließ ihn eher wie sechzig als wie dreißig aussehen, aber das war seine Sache. „Vince und die anderen sind draußen und rauchen. Sie haben einen Tisch. Sie haben keinen Ärger gemacht, seit sie hier sind."

Ausgerechnet die. Vince Hardy und seine Freunde waren genau die kleinen Scheißer, mit denen er sich im Moment nicht befassen wollte. „Und unsere Gäste?"

Sinclairs Bart bewegte sich, als er grinste: „Welche?"

Luke zögerte. Es gab, nachdem er sein Update erhalten hatte, offensichtlich Neuankömmlinge. So verrückt es auch klang, der Gipfel würde in zwei Wochen stattfinden, und er musste sicher sein, dass der Lockdown eingehalten wurde. Keine Fremden in der Stadt, von denen er nichts wusste, keine Überraschungen. „Über die Familie habe ich Informationen."

Sinclair nickte in Richtung des Tisches am anderen Ende des Raums. „Drei Leute. Ich glaube, sie sind menschlich, kann es aber nicht mit absoluter Sicherheit sagen. Sind wohl auf der Durchreise. Haben kein Zimmer gemietet."

Lukas schaute zu dem Tisch hinüber, zu dem sein Mann zeigte. Eine sehr zierliche Frau saß neben einem hochgewachsenen Mann, und den beiden gegenüber saß ein Rotschopf. Das Einzige, was er sehen konnte, waren ihre vollen Locken. Und trotzdem war der bloße Anblick schon wie ein Schlag in den Bauch. Er machte eine Faust und atmete tief durch. Sicher, es war schon eine Weile her, aber er würde sich nicht vom Anblick ihres Haars allein erregen lassen.

Ihre Freunde standen auf und gingen, bevor er überhaupt in Erwägung ziehen konnte, ihre Unterhaltung zu belauschen. Sie blieb alleine zurück. Er beobachtete, wie die anderen beiden das Lokal durch den Vordereingang verließen, und es sah nicht so aus, als wollte der Rotschopf ihnen folgen. Er wandte sich wieder Sinclair zu. „Wann sind sie gekommen?"

Der Barkeeper zuckte mit den Achseln: „Vor einer halben Stunde, oder vielleicht auch vor einer Stunde? Haben Getränke bestellt, aber kein Essen. Haben sich nur unterhalten. Ich habe Lucy an ihren Tisch geschickt, aber sie sagte, dass sie nichts Verdächtiges gehört hat. Ich behalte das im Auge."

„Tu das."

Vince und seine Freunde kamen wieder herein und Luke musste bei dem Tabakgeruch fast würgen. Es war ihm vollkommen unbegreiflich, wie man als

Werkatze Zigaretten rauchen konnte. Der kleinste Hauch und es fühlte sich an, als ob seine Nasenlöcher brennen würden. Aber dumme Kinder sind dumme Kinder. Vince Hardy war einer dieser Tunichtgute, denen alles gegeben war und die sich entscheiden, nichts davon zu nutzen. Er verschleuderte das Geld aus seinem Treuhandfonds für Alkohol und Firlefanz und er wäre selbst für einfache handwerkliche Tätigkeiten nicht zu gebrauchen, selbst wenn sein Leben davon abhinge. Aber Luke konnte ihn nicht aus dem Rudel verbannen, nur weil der ein dummer Junge war. Aber er empfand ein bisschen mehr Befriedigung beim Gedanken an seine Bestrafung als er sollte.

Er blieb an der Bar stehen und wartete darauf, dass Vince ihn sah. Der Junge nahm so viel Platz ein, wie er konnte. Er beugte sich fast über den Rotschopf, um ihr in den Ausschnitt ihrer Bluse zu schauen. Sein hellgrünes Poloshirt war eine regelrechte Beleidigung für Lukes Augen, und zusätzlich sah er so aus, als hätte er eine halbe Stunde damit verbracht, seinem blonden Haar einen beiläufig zerzausten Look zu verpassen. Vince sah genauso aus, wie man sich einen Idioten mit Geld vorstellt, aber es machte ihn umso beliebter.

Nachdem er sich gut zwei Minuten wie ein Depp aufgeführt hatte, begann Vince endlich, auf seine Umgebung zu achten und sah, dass sein Alpha sich lässig an die Bar lehnte. Er wurde blass und zwei rote Flecken zierten seine Wangen. Luke musste ein Lächeln unterdrücken. Der Junge wusste, dass er Mist gebaut hatte, wenn Luke noch am Tag des Vorfalls mit ihm sprechen wollte.

Er hielt einige Sekunden lang Augenkontakt, bevor er sich umdrehte und die Bar verließ. Vince und seine Freunde würden ihm folgen. Sie kannten die Regeln.

Luke wartete nicht auf dem Parkplatz. Es gab zu viele normale Leute in der Stadt, die keine Ahnung hatten, welche Monster unter ihnen lebten. Er ging um das kleine Backsteingebäude herum und wartete direkt hinter dem hohen Holzzaun, der die Rückseite des Restaurants straßenseitig gegen Blicke abschirmte. Im Sommer stellten sie dort Stühle und Tische für die Urlauber auf, damit sie das schöne Wetter in Colorado genießen konnten. Aber jetzt, da der Herbst hereinbrach, waren die Tische aufgestapelt und zur Seite geräumt worden und sie wurden nur noch auf besonderen Wunsch aufgestellt. Es war der perfekte Ort für solche Meetings.

Vince kam zuerst angeschlichen, mit gesenktem Kopf und hängenden Schultern. Er lehnte sich gegen den Zaun und sagte nichts. Luke wartete nur. Es verging fast eine Minute, bis auch Henry und Mick eintrafen. Alle drei Jungen warteten darauf, dass der Alpha anfing zu sprechen. Luke schwieg einige

Minuten lang und ließ sie schmoren. Sie machten ihm das Leben schwer und er hatte keinen Grund, es ihnen leicht zu machen.

Erst als er eine Schweißperle auf Vinces Stirn sah, fing er an zu sprechen. „Könnt ihr mir das erklären?"

Vinces Schultern sanken noch tiefer, soweit das überhaupt möglich war. Noch tiefer und er würde sich nach vorne beugen. „Sie benutzt es doch gar nicht", murmelte er.

Luke machte eine Bewegung mit seiner Hand. „Seht ihr Schnee auf dem Boden?" Er hob seine Stimme nicht. Das musste er nicht.

Vince schluckte und seine Freunde zuckten zusammen. „Nein, Sir."

„Habt ihr in Rinnas Garage Geräusche gehört, die darauf hindeuteten, dass ein Notfall vorlag? Vielleicht ein verängstigter Welpe?" Er beugte sich vor, nur Zentimeter vom Gesicht des Jungen entfernt.

„Nein, Sir."

„Also, würde es euch etwas ausmachen, mir zu erklären, warum ihr das Schneemobil einer Frau gestohlen und versucht habt, damit auf der Straße zu fahren, was Tausende von Dollar Schaden angerichtet hat?" Er beendete die Frage mit einem leisen Knurren und hörte mit Befriedigung, dass Vince winselte. Das Geräusch aus der Kehle des Jungen war kaum hörbar.

Sowohl Henry als auch Mick hielten den Kopf

gesenkt und vermieden es, Augenkontakt herzustellen oder ihren Freund zu verteidigen. Vince sagte nichts zu seiner Verteidigung.

„Ihr geht alle zur Schule und dann kommt ihr nach Hause. Wenn ihr Jobs habt, dann macht ihr diese. Jeder von euch schuldet Rinna 500 Dollar für den Schaden, und ihr werdet bis Weihnachten jedes Wochenende auf ihrem Grundstück arbeiten. Wenn ihr darüber hinaus etwas tun wollt, müsst ihr mich erst um Erlaubnis fragen. Wenn ich euch dabei erwische, dass ihr euch nicht daran haltet, dann sperre ich euch in meinem Haus ein, wenn ihr nicht schlaft, bei der Arbeit oder in der Schule seid. Verstanden?" Die drei waren zwar fast erwachsen, aber sie galten im Rudel immer noch als Kinder. Sie hatten Glück – wenn einer von ihnen nur ein Jahr älter gewesen wäre, hätte die Bestrafung viel schlimmer ausfallen können. Und dann, um das Problem deutlich zu machen: „Weiß einer von euch, was in ein paar Wochen passiert?" Er ließ die Frage in der Luft hängen und beobachtete die Jungen.

Henry sah schließlich auf und nickte eifrig. „Der Gipfel."

„Genau." Zumindest waren sie nicht völlig ahnungslos. „Zum ersten Mal seit einem Jahrhundert werden Vampire in unserem Territorium sein, ohne dass Krieg ist. Baut keinen Mist." Damit ließ Luke sie stehen. Die Jungs würden seinen Befehlen entweder folgen oder nicht, und wenn sie es nicht taten, würde er sich darum kümmern. Aber jetzt brauchte er einen Drink, eine Frau oder einen Kampf. Alles davon wäre ihm recht, aber seine Gedanken wanderten zu dem Rotschopf von vorhin und er dachte, ein Drink und eine Frau klangen nach einer netten Kombination.

KAPITEL DREI

SINCLAIR HATTE ihm bereits ein Bier eingegossen, bevor er auf dem Barhocker Platz genommen hatte. „Haben sie dir irgendwelchen Ärger gemacht?"

Luke schüttelte den Kopf und trank das Bier. „Sobald diese kleinen Scheißer erwischt werden, verwandeln sie sich in Kätzchen. Ich werde mir erst Sorgen machen, wenn sie erkennen, dass ihre Krallen tatsächlich gefährlich sein können."

Sinclair lächelte, entfernte sich und wischte das andere Ende des Tresens ab.

Luke warf einen Blick nach hinten zu dem Tisch, an dem der Rotschopf gesessen hatte. Er war nur fünf Minuten draußen gewesen und hoffte, dass sie noch nicht gegangen war. Aber sie saß nicht mehr da. Als er sich wieder seinem Getränk zuwandte, nahm er den Hauch eines dezenten blumigen Duftes wahr. Zumindest wäre er dezent gewesen, wenn er kein Gestaltwandler gewesen wäre. Aber gesteigerte Sinneswahrnehmungen gehörten nun mal dazu. Für ihn roch es, als würde er durch einen Rosengarten gehen, aber zumindest schien der Duft ganz natürlich zu sein. Einige künstliche Stoffe führten dazu, dass er niesen musste.

Er sah in die Richtung, aus der der Duft kam und lächelte, als er den Rotschopf sah. Ein Teil von ihm war enttäuscht, dass sie keine Gestaltwandlerin war – er konnte sich keinen Gestaltwandler vorstellen, die ein so starkes Parfüm tragen würde – aber das hielt nicht lange an. Sie nahm nicht Platz sondern stand dicht bei ihm und lehnte sich an die Bar. Ihre Ellbogen ruhten auf der Kante des Tresens und ihr Rücken war gewölbt und zeigte die unglaublich verführerische Krümmung ihrer Brust.

Lukes Blick wanderte nach unten und er nahm ihre smaragdgrünen Augen und leuchtend roten Lippen in sich auf. Er hätte eine hellere Haut erwartet, die meisten Rotschopfe hatten helle Haut, aber sie hatte eine schöne Bräune, als würde sie an einem sonnigen Ort leben. Ein schickes Kleid bedeckte sie kaum von der Schulter bis zur Mitte der Oberschenkel und er war dankbar für die enge Passform. Und er war auch dankbar, dass seine Jeans die Wirkung verbarg, die sie auf ihn zu haben begann. Verdammt, wenn er nicht schon alleine von ihrem Anblick halb hart war.

Sie beugte sich näher, ihre leuchtend roten Lippen verlockend nah an seiner Wange. „Kaufst du mir einen Drink?", atmete sie in sein Ohr.

Luke unterdrückte einen Schauer, als ihr Atem seine Haut streichelte. Verdammt, es musste lange her sein, wenn ein kleiner Mensch diesen Effekt auf ihn hatte. Etwas verwirrte seine Sinne, während er dort stand. Etwas roch falsch, nicht ungesund, nicht wie die widerliche Fäulnis eines Vampirs oder wie die brandige Gefährlichkeit einer Hexe. „Was für ein Drink?", fragte er und studierte sie immer noch. Sie tat das Gleiche.

Sie griff um ihn herum und ihre Brüste streiften seine Brust. Luke holte nicht tief Luft. Seine Muskeln verspannten sich nicht. Er war eine Alpha-Katze und reagierte nicht wie ein geiler Junge, wenn eine heiße Frau ihm nahe kam. Sie nahm sein Bier, hob die Flasche an ihre Lippen und nahm sich Zeit, es zu schlürfen. Er sah zu, wie sie schluckte, als die Flüssigkeit ihren Hals hinunter glitt. „Das hier." Sie lächelte und verweilte nur Zentimeter von ihm entfernt.

Luke konnte erkennen, dass sie Ärger bedeutete, und zwar genau die Art, auf die er aus war. Er legte seine Hand auf ihre Hüfte. Sie lächelte noch mehr. Als er ihr Gesicht betrachtete, sah er, woher der seltsame Duft kam. Ihr Haaransatz war falsch, er war nicht so, wie er sein sollte. Sie trug eine Perücke. Es schien, dass der Rotschopf nicht so war, wie sie erschien. Enttäuschend, aber er würde es überleben. „Du hast etwas genommen, das mir gehört", sagte er. Er griff nach seinem Bier, aber sie hielt es außer Reichweite. „Ich denke, damit habe ich Anspruch auf etwas von dir."

„Ist das so?" Ihre Stimme war wie geschmolzene Schokolade, samtig, warm, alles, was er wollte.

Er würde sein Bier nicht zurück bekommen und es war ihm egal. „Ja, das ist so." Er fügte dem Flirt eine minimale Prise an Autorität hinzu und sah sie grinsen. „Sag mir deinen Namen und ich werde dir vergeben."

Sie trank den Rest seines Bieres und beugte sich an ihm vorbei, um die leere Flasche auf die Theke zu stellen. Wieder streifte sie ihn. „Ich bin Katie." Das war der komplett falsche Name für diese Frau. Katie war ein Name für ein Mädchen, ein einfaches, süßes Mädchen. Und er musste sie nur ansehen, um zu wissen, dass sie alles andere als einfach war. „Wer bist du?", fragte sie.

Er beugte sich näher und fing ihren Duft ein, etwas Ätherisches unter den Blumen und dem synthetischen Haar. Er wollte sie nackt vor sich haben, ihre Geheimnisse seinen Sinnen offenbart. „Mein Name ist Luke." Er konnte ihre Frage nicht vollständig beantworten – jeder Mensch würde seine Antwort für verrückt halten. Aber Worte waren jetzt, wo die Chemie in ihm in Schwung kam, nicht mehr nötig zwischen ihnen. Seine Katze kratzte von innen an seiner Haut und wollte heraus, sich herumrollen und vor ihr angeben. Er zog sie an sich und sie gab ohne Widerstand nach.

Als er gerade mit seinen Lippen ihre Kehle berührte, hörte er hinter sich deutlich eine Stimme. Luke kam für einen Moment wieder zur Besinnung und sah Sinclair hinter der Bar stehen, wie er mit einem Grinsen im Gesicht seinen Putzlappen herumwirbelte. „Was für einen Laden, glaubst du, habe ich hier?", fragte der wortkarge Mann.

Obwohl es Vorteile hatte, der Alpha zu sein, konnte er nicht einfach rücksichtslos die Regeln ignorieren. Luke grinste und nickte. Er hielt Katie eng an sich, aber anstatt sie zu küssen, flüsterte er ihr ins Ohr. „Wollen wir hier raus?"

Sie warf einen Blick nach hinten auf die gegenüberliegende Wand. Alles, was Luke sah, waren ein paar Gäste, die an den Tischen saßen, und das eklektische Dekor an der Wand. Ein paar Spiegel und Plakate, der Kopf eines Elchs und eine alte Uhr. Aber als sie ihn wieder ansah, lächelte sie. „Jetzt sprichst du meine Sprache." Sie sprach gedehnt mit einem leichten Südstaatenakzent und verschluckte die Wortendungen. Luke konnte es kaum erwarten, sie für sich alleine zu haben und zu hören, was sie sonst noch sagen würde.

Er führte sie aus dem Restaurant, einen Arm besitzergreifend um ihre Taille gelegt. Ein paar Mitglieder des Rudels beäugten ihn, aber sie sagten nichts und achteten sorgfältig auf einen neutralen Gesichtsausdruck. Luke Torres schleppte keine Frauen aus örtlichen Bars ab. Niemals. Aber diese Frau hatte etwas an sich, das ihn nicht losließ.

Vince und seine Freunde waren schon lange weg und der Parkplatz war voller Autos, aber es waren keine Menschen zu sehen. Katie machte keine Anstalten, zu ihrem eigenen Fahrzeug zu gehen, und ließ sich von ihm zu seinem Motorrad führen. Wenn er gewusst hätte, dass er jemanden mitnehmen würde, hätte er einen Truck genommen. Aber ihre Augen leuchteten auf, als sie das stromlinienförmige schwarze Bike sah. Vielleicht war es doch eine gute Wahl gewesen. „Das ist deins?" Sie klang begeistert.

„Schon seit vielen Jahren." Er hätte gerne gesagt, dass er es bei einem Kartenspiel gewonnen oder es als verrosteten Blechhaufen in einer verlassenen Garage gefunden und restauriert hatte. Aber die Herkunft war wesentlich banaler. Er hatte es einfach gekauft, nachdem er sich auf den ersten Blick in das Bike verliebt hatte. „Wo bist du ..." Das vibrierende Telefon in seiner Tasche unterbrach ihn. Ein Alpha hatte nie Feierabend. Er warf ihr einen entschuldigenden Blick zu und nahm das Gespräch an. „Torres hier." Der Mann, der gerade noch geflirtet hatte, war verschwunden. Jetzt war seine Stimme ganz sachlich und geschäftsmäßig.

Maya Nunez, seine Sicherheitschefin, war dran. „Wir hatten heute Abend einige Unregelmäßigkeiten. Ich denke, es ist am besten, wenn du kommst und dir den Sicherheits-Feed ansiehst."

Er hätte am liebsten geflucht. Hier hatte er eine schöne Frau, die ihn und sein Motorrad zu mögen schien, und er musste nach Hause. Für einen Moment überlegte er, sie mitzunehmen. Aber sie war ein Mensch, und das kam nicht infrage. „Verstanden. Bereite einen Bericht vor." Er legte auf und sah zu Katie. „Wie lange bist du in der Stadt?" Sie lebte nicht in Eagle Creek, er hätte sie erkannt.

Sie zuckte mit den Schultern und sie schien enttäuscht zu sein: „Ich werde noch ein bisschen hier sein. Aber wer weiß?"

Ach, zum Teufel. Er zog sie an sich und legte seine Lippen auf ihren Mund. Wenn dies das einzige Mal sein sollte, dass er sie sehen würde, würde er sich zumindest einen Kuss genehmigen. Ihre Arme schlangen sich um ihn und sie öffnete sich für ihn, ihre Zunge spielte mit seiner. Verdammt. Luke hatte einen schrecklichen Fehler gemacht.

Der kleine Vorgeschmack würde ihm niemals genügen.

WENN ER SIE nochmal so küssen würde, hätte Mel ein Problem. Sie schüttelte den Kopf, als er mit einem schick aussehenden Motorrad davon fuhr. Es gab noch eine Menge zu tun. Aber ihre Finger wanderten nach oben zu dem verschmierten Lipgloss auf Katies Lippen. Mel war nicht der Typ, der etwas so Leuchtendes oder Auffälliges trug, aber Katie Jenkins, eine ihrer lebenslustigeren Identitäten, liebte solche Dinge. Aber beide, Mel und Katie, hatten eindeutig eine große Schwäche für eine bestimmte verwegene Werkatze.

Aber das war weder der richtige Zeitpunkt noch der richtige Ort. Sie holte ihr Handy heraus und sah auf die Uhr. Die Zeit, die sie bis zu seinem Haus brauchten, mit eingerechnet, hatten Krista und Bob mindestens zwanzig Minuten Zeit gehabt, um loszulegen, genau wie sie es verlangt hatten. Und da Luke erst jetzt losgefahren war, blieb wahrscheinlich noch ein wenig mehr Zeit.

Ein Teil von ihr wollte sie anrufen und sich davon überzeugen, dass sie sicher dort rausgekommen waren, aber das würde die Mission gefährden und sie erst recht in Gefahr bringen. Außerdem würden sie einen solchen Anruf nicht gutheißen. Sie waren schließlich erwachsen und sie wusste, dass Krista mindestens so viel Erfahrung hatte wie sie selbst.

Und wer wusste, wie lange Bob schon im Geschäft war? Nachzufragen war nicht sinnvoll. Sie musste nur zurück zur Hütte und warten. Dann würden sie planen.

Mel juckte es, in ihre andere Form zu wechseln und die Strecke zu Fuß zurückzulegen. Zum einen war sie seit Wochen nicht mehr als Katze gelaufen, und die Straßen hier draußen waren so schlecht, dass sie viel schneller wäre, wenn sie durch den Wald laufen würde. Aber ein Leopard würde ihr viel mehr Aufmerksamkeit einbringen als die graue Limousine, die sie für diesen Job besorgt hatte. Bestenfalls würde sie jemanden zu Tode erschrecken, wenn sie gesehen würde, schlimmstenfalls würde sie das örtliche Rudel alarmieren. Und es war besser, wenn Luke Torres keine Ahnung davon hatte, dass sie kommen würde.

Sie nahm die Landstraße aus der Stadt und blieb aufmerksam, um sicherzugehen, dass sie nicht verfolgt wurde. Obwohl es noch nicht so spät war, waren fast keine anderen Autos unterwegs. Nach einem Dutzend Meilen bog sie auf eine Straße ein, die durch einen dichten Wald führte. Die Bäume hingen über der Straße, blockierten das Mondlicht und machten die Umgebung unnatürlich dunkel. Sie konnte nur das sehen, was sich im Kegel ihrer Scheinwerfer befand. Mit Hilfe ihres GPS fand sie die zweite Straße, die irgendwie noch dunkler war als die erste. Sie sah keine Häuser, keine Briefkästen, nichts, was darauf hindeutete, dass hier draußen jemand lebte.

Die Steigung nahm zu, je weiter sie den Hügel hinauf fuhr. Dies war kein Berg, es gab keinen in der Nähe der Stadt, aber hier im Vorgebirge gab es gerade genug Wildnis, damit Feriengäste das Gefühl hatten, der Zivilisation entkommen zu sein. Ihre letzte Straße war eher ein Feldweg. Der Weg war nur breit genug für ein Fahrzeug, aber da das einzig mögliche Ziel auf dieser Straße ihre Hütte war, war das kein Problem.

Die Bäume machten Platz für offenes Gelände und der helle Mond beleuchtete die malerische Holzhütte, die sie gemietet hatte. Im Gegensatz zum Auto war sie relativ legal an die Hütte gekommen. Es wäre nicht gut gewesen, von Urlaubern überrascht zu werden.

Krista und Bob waren noch nicht zurück, also begann Mel damit, das Abendessen zu machen. Sie hatte vorgehabt, im Restaurant etwas zu essen, aber der Stress, noch einmal mit ihrem Team zu sprechen, und die kleine Ablenkung durch Torres hatten ihr einen Strich durch die Rechnung gemacht. Sie heizte den Ofen vor und zog eine Plastiktüte mit Hühnerbruststreifen aus dem Gefrierschrank. Nach kurzem Überlegen entschied sie, genug für alle drei zu machen. Krista und Bob wären vielleicht nicht hungrig, aber es schien lieblos, für sie nichts vorzubereiten.

Der Ofen war gerade vorgeheizt, als sie draußen das Knirschen des Kieses durch ein anderes Auto hörte, das die Straße heraufkam. Mel schob das Essen in den Ofen und wartete darauf, dass ihr Team die Hütte betrat.

Sie hörte die gedämpften Stimmen von Krista und Bob, bevor sie die Tür erreichten, aber als sie in die Hütte kamen, schwiegen sie, abgesehen von einer kurzen Begrüßung. „Ich mache Essen, falls ihr Hunger habt", bot Mel ihnen an.

Krista grinste. „Lass mich raten, Chicken Nuggets?" Sie stellte eine große Leinentasche auf den Couchtisch und ließ sich auf die Couch fallen. Bob schloss sich ihr an. Die beiden nahmen den größten Teil der Couch ein und ließen Mel keine andere Wahl, als sich einen Stuhl aus der Küche zu holen. Weder Krista noch Bob schienen deshalb ein schlechtes Gewissen zu haben.

„Wie ist es gelaufen?" Wenn ihre Partner keinen Smalltalk machen wollten, dann würde sie sich eben auf das rein Geschäftliche konzentrieren. Ganz einfach.

Krista kramte in ihrer Tasche herum und holte vier kleine rote Steine heraus. Sie stellte die Tasche auf den Boden und legte die Steine als Ecken eines großen Quadrats auf den Tisch. Mit einer

Handbewegung und Worten, die Mel nicht ganz verstehen konnte, leuchtete Kristas Zauber auf und Licht schoss aus jedem der Steine, sodass sich ein Würfel bildete. Langsam fügte sich ein Bild zusammen: Es sah aus wie eine dreidimensionale Blaupause mit Möbeln und sich bewegenden Schatten von Menschen im Inneren des Gebäudes. Der Zauber war verschwommen und unvollständig. Mel hatte schon erlebt, dass Krista mit diesem Zauber etwas so Greifbares wie ein Puppenhaus erschaffen hatte. Das, was sie jetzt vor sich sahen, war enttäuschend.

„Es ist schlimm", sagte Krista.

„Wie schlimm?" Mel konnte ‚schlimm' handhaben, verdammt, sie liebte es, mit schlimm umzugehen.

„Sehr schlimm", fügte Bob hinzu.

„Ihre Sicherheitsmaßnahmen sind mindestens doppelt so stark, wie sie sein sollten. Der Tresor ist nur über drei Kontrollpunkte erreichbar, an denen sicher jemand deinen Geruch wahrnimmt, und selbst wenn wir dich hineinbringen können, gibt es keine Möglichkeit, dich herauszuholen." Krista beschrieb alles bis zum Tresor, machte aber deutlich, dass selbst ihre magischen Aufklärungsmöglichkeiten nicht hineinkommen konnten.

„Aber du kannst mich reinbringen?" Wenn sie reinkommen konnte, konnte sie auch wieder rauskommen. Selbst wenn sie dafür ein Loch durch die Wand bohren musste.

„Sie werden deinen Geruch wittern. Du wirst hier in diesem Gebiet nie wieder arbeiten können. Das heißt, wenn sie dich nicht töten." In Kristas Worten lag große Sorge. „Es ist schlimm, Mel. Wenn wir drei Monate und ein Team von sieben Leuten hätten, könnten wir das vielleicht durchziehen. Aber nicht in zwei Wochen, und nicht, wenn wir nur zu dritt sind."

„Wenn dies der einzige Weg ist, näher an Ava heranzukommen, müssen wir ihn gehen." Mel ging nicht im Raum auf und ab, aber sie trommelte mit den Fingern gegen den Sitz ihres Stuhls. Allein der Gedanke an Ava machte sie kampfbereit.

Krista und Bob tauschten einen Blick aus. Nach einem Moment entschuldigte sich Bob. Mel hörte, wie sich die Tür hinter ihm schloss, als er nach draußen ging. „Mom hat diesen Mist schon mal mit dir gemacht. Erinnerst du dich an den Rialto? Weißt du überhaupt, ob der Stein wirklich magisch ist?"

Jetzt stand Mel auf. „Sie würde diesbezüglich nicht lügen."

Krista lehnte sich zurück und verschränkte die Arme. „Kennst du sie? Sie fing an, mich wegen meines Geburtstages anzulügen, als ich drei Jahre alt war. Sie weiß gar nicht, was Ehrlichkeit ist."

„Sie würde diesbezüglich nicht lügen, weil sie weiß, dass ich nie wieder für sie arbeiten werde, wenn sie es tut. Das ist zu wichtig." Die Karte auf dem Tisch blinkte und eine neue Anzeige erschien. »Was ist das?«

Krista warf einen Blick darauf. „Alphas Quartier, soweit wir das beurteilen konnten. Direkt über dem Tresor, um genauer zu sein: drei Stockwerke darüber. Aber da ist nichts, wozu der Rest des Rudels Zugang hat."

Luke Torres in seinem eigenen Quartier, das war mal ein köstlicher Gedanke. Aber Mel schob ihn beiseite. „Hat er direkten Zugang zum Tresor?"

Krista hob einen der roten Steine auf und das Bild löste sich auf. Sie steckte die Hand in die Tasche und blickte Mel fest an. „Es gibt keinen Plan, mit dem man dich aus dieser verdammten Festung herausholen kann. Bob hat die ganze Nacht darüber nachgedacht. Wenn er sich keinen Plan ausdenken kann, dann ist es unmöglich."

„Erinnerst du dich an Phoenix?"

„Das endete damit, dass du halb in Flammen standest, ich hatte ein gebrochenes Bein und Bob wäre fast verblutet." Krista verschränkte die Arme. „Natürlich erinnere ich mich an Phoenix. Du denkst nicht klar bei dieser Sache."

„Nein!" Mel wollte nicht schreien, aber es kam aus ihr heraus. „Ava hat meine Eltern getötet, sie hat alle getötet, die ich geliebt habe. Und sie ist dafür verantwortlich, dass dieses — dieses Ding aus mir geworden ist! „Mel unterdrückte den Rest des Gedankens. Krista sollte sich zu ihren eigenen nicht auch noch mit Mels Problemen herumschlagen müssen. „Was ich meine ist folgendes. Ich mache diesen Job. Ich werde ihn erfolgreich durchziehen. Aber ich brauche dich und Bob, wenn ich da wieder herauskommen will. Im Ernst. Also, bitte, helft mir."

Krista begann, eine Hand auszustrecken, zog sie aber gleich wieder zurück, und ballte sie zur Faust. „Für einen Transportzauber, der dich wahrscheinlich nicht umbringt, braucht man zwei Wochen. Einen Monat für einen, der dich definitiv nicht umbringt, und drei Monate für einen, der sicherstellt, dass alle deine Teile hinterher wieder an der richtigen Stelle sind. Ohne diesen Zauber können wir dich nicht rausholen, sie werden deinen Geruch wittern und eine Flucht wird sinnlos sein."

Das Problem begann, sich in Mels Kopf zu drehen und zu wenden. „Wir müssen uns etwas ausdenken. Ich werde diesen Job erledigen und ich werde dabei nicht sterben."

Krista legte ihren Kopf in ihre Hand und seufzte. „Dann lass uns mit Bob reden. Aber ich sage dir, wir sind angeschissen."

KAPITEL VIER

LUKE SAß an seinem Schreibtisch im War Room, während Maya die Auffälligkeiten erläuterte. Ursprünglich war der Raum nur als Büro gedacht, aber nach ein paar heftigen Schlachten und den notwendigen Planungsbesprechungen, die mit der Leitung eines erfolgreichen Rudels einhergehen, begann jemand, ihn den War Room zu nennen. Luke war etwas konsterniert, dass diese Bezeichnung hängen geblieben war.

„Die aus unserer Sicht wahrscheinlichste Ursache wäre eine Gruppe Fledermäuse." sagte Maya. Sie hatte ihr leuchtend rotes Haar fest zu einem Knoten gebunden und trug zusätzlich ein dünnes elastisches Stirnband, das ein paar widerspenstige Haare unter Kontrolle hielt. Das Haar war offensichtlich gefärbt, er wusste, dass sie von Natur aus eine Brünette war, aber er wusste auch, warum sie es tat. Mit der großen Narbe auf ihrer Wange und den honigfarbenen Augen einer Löwin war sie eindeutig als Raubtier zu erkennen. Und sie zog es vor, dass die Leute die Haare und die modischen Klamotten sahen und sie unterschätzten, bis sie ihnen die Kehle aufgeschlitzt hatte. Luke schätzte das an ihr.

„Also waren es die Vampire?" Es war halb eine Feststellung, halb eine Frage. Vampire konnten sich nicht in Fledermäuse verwandeln — zumindest hatten sie es nie zugegeben. Aber es ging das Gerücht um, dass sie sie als Spione einsetzen konnten.

„Es scheint so." Sie breitete eine Karte auf seinem Schreibtisch aus und zeigte auf einen Bereich etwa fünf Meilen vom Haus entfernt. „Sie blieben gerade ein bisschen außerhalb unserer inneren Abgrenzung. Sieht nach Kundschaftern aus. Technisch gesehen bricht dies keine der Vereinbarungen, die wir mit ihnen geschlossen haben. Und da wir nicht einmal beweisen können, dass sie es waren, ergibt es keinen Sinn, es zur Sprache zu bringen."

Luke studierte die Karte. „Was hat dich darauf aufmerksam gemacht?" Es gab viele Höhlen in der Gegend, und deshalb waren Fledermäuse keine Seltenheit. Selbst eine Kolonie dieser Größe, die sich durch die Luft bewegte, wäre kein Grund gewesen, ihn sofort zu rufen.

„Genie sagte, sie rochen tot." Maya lächelte schief. Genie hatte in dem halben Jahrzehnt, in dem sie jetzt für Luke arbeitete, noch nie etwas so Zahmes gesagt.

„Was hat sie wirklich gesagt?"

Maya nahm sich einen Moment Zeit zum Nachdenken und lächelte dabei vor sich hin. „Etwas wie sie riechen nach fliegenden Ratten, die mit Scheiße bedeckt sind und seit drei Tagen vor sich hin verrotten? Ich hab's nicht so mit Worten wie sie."

„Das hat niemand." Luke studierte die Karte. „Verdoppelt die Patrouillen nach Einbruch der Dunkelheit. Aber wenn die Vampire auftauchen, keine Gewalt, es sei denn, sie fangen zuerst an. Wir wollen sie gefangen nehmen, nicht töten."

„Schon erledigt. Ich werde deine Befehle bezüglich Gefangennahme weiterleiten." Sie rollte die Karte zusammen und ging ohne ein weiteres Wort.

Luke folgte ihr nach einer Minute. Ja, das war sein Büro, aber die Arbeit eines Alpha erforderte selten ein längeres Sitzen hinter dem Schreibtisch. Und um ehrlich zu sein, er würde den Job sofort aufgeben, wenn er den ganzen Tag nur Papierkram bearbeiten müsste. Aber Mayas Worte erinnerten ihn an den bevorstehenden Gipfel, und er ging durch das Haus, zwei Stockwerke hinunter und durch eine schwere Metalltür zum Tresor.

Das Gewölbe und der Tresor waren wesentlich älter als das Haus. Tatsächlich älter als die meisten Gebäude in Eagle Creek. Aber die Stadt war noch nicht einmal hundert Jahre alt, also war das wohl eher Angeberei. Er hatte seine Festung nicht so weit draußen bauen wollen, aber der frühere Alpha bewahrte alle seine Schätze hier auf, und obwohl der Mann sich kaum in einem Kampf behaupten konnte, waren die Sicherheitsvorkehrungen in seinem Haus ziemlich gut. Das bedeutete aber nicht, dass Luke keine Verbesserungen vorgenommen hatte.

Nachdem er seinen Sicherheitscode über die Tastatur eingegeben und durch die Tür getreten war, gingen die Lichter automatisch an. Es sah alles ein bisschen aus wie ein Banktresor mit Schließfächern an der Wand. Irgendwann hatte er auch überlegt, auf ein digitales System umzusteigen, aber die Kosten waren im Vergleich zum Nutzen nicht gerechtfertigt. Abgesehen davon gab es im gesamten Tresor nur einen Gegenstand, der es wert war, Millionen in seinen Schutz zu investieren.

Der Scharlachrote Smaragd.

Er bewahrte ihn in einer Glasvitrine in der Mitte des Tresorraumes auf. Die gesamte Sicherheit im Tresorraum diente ausschließlich dem Schutz dieses einen hässlichen Steins.

Er hatte zum ersten Mal von dem Stein gehört, als er noch auf dem College war. Wie Jaime Pascal sich seiner bedient hatte, um Wölfe abzuwehren und seinen Clan fünfzig Jahre lang zu beschützen. Er hatte immer dem Alpha dieser Katzen gehört. Und als sich Luke vor zwölf Jahren seinen Platz erkämpfte, wurde der Stein sein. Ob der Stein wirklich schützen konnte oder nicht, wusste niemand so genau. Es gab Geschichten, Gerüchte, Legenden, aber nichts Handfestes. Und er hatte ihn nie gebraucht oder auch nur versucht, ihn einzusetzen. Falls der Stein magisch war, dann zahlte man einen Preis, wenn man ihn benutzte. Das war immer so.

Aber in zwei Wochen würde er den Stein endlich aus der Glasvitrine herausholen und sich diese klobige Goldkette um den Hals legen. Vampire liebten Prunk. Wenn er diesen roten Stein mit den milchigen Einschlüssen von der Größe einer Babyfaust trug, würde ihm ihre Aufmerksamkeit sicher sein. Er wünschte nur, er könnte einfach los gehen und den Stein wieder in den Bergen vergraben und ihn vergessen. Sein Rudel brauchte keinen mystischen Schutz, jedenfalls nicht, solange sie spitze Zähne und scharfe Krallen hatten.

Er verließ den Tresorraum. Dort gab es nichts außer der Last der Verantwortung. Er ging die innere Wendeltreppe hinauf zu seinem Quartier, wo er ein schönes heißes Bad nehmen und an diese sexy Rothaarige denken wollte. Sogar jetzt noch regte sich sein Schwanz bei der Erinnerung. Er fragte sich, welche Haarfarbe sie wirklich hatte und wie sich ihr Haar in seinen Händen anfühlen, wie es auf seinem Bett ausgebreitet aussehen würde.

Oh, das war ein verführerischer Gedanke.

Er war so sehr mit dieser Träumerei beschäftigt, dass er den Eindringling in seinem Zimmer erst bemerkte, als er bereits sein Hemd ausgezogen hatte.

„Igitt, eklig!", sagte das achtzehnjährige Mädchen, das auf seiner Couch saß und eine Zeitschrift las. Nun, sie las eine Zeitschrift, bis sie sie nach ihm warf und eines der Kissen benutzte, um ihr Gesicht zu bedecken. „Ich werde mir meine Augen herausschneiden müssen!"

Cassie war der dramatische Typ. Seine kleine Schwester war während der Herbstferien zu Besuch. Wegen der schönen Fremden und der Sicherheitsrisiken hatte er sie fast vergessen. „Es ist ein Oberkörper, ich bin sicher, du hast schon mal einen gesehen", entgegnete er, zog sein Shirt aber trotzdem wieder an. Keine Notwendigkeit, den Zorn eines Mädchens im Teenageralter heraufzubeschwören. „Und was machst du hier, du kleine Göre? Ich dachte, du hast ein Quartier am anderen Ende des Flurs bekommen."

Sie stand auf und hob ihre Zeitschrift vom Boden auf. Wenn man die beiden ansah, konnte man nicht erkennen, dass sie Geschwister waren. Cassie sah ihrem Vater, Lukes Stiefvater Scott, sehr viel ähnlicher und ihrer Mutter. Seine Schwester war so groß wie er, mit blonden, fast taillenlangen Haaren, die sie normalerweise zu einem Pferdeschwanz oder einem Knoten zusammenband, wenn sie sie störten. Sie hatte die braunen Augen ihrer Mutter, aber ihre Haut war sehr hell und es gab fast keinen Hinweis auf ihre mexikanische Herkunft.

„Wir wollten zusammen einen Happen essen, nachdem du dein Ding in der Stadt erledigt hast", erinnerte sie ihn.

Ein Blick auf die Uhr an der Wand zeigte, dass es fast neun Uhr war. Sie musste stundenlang gewartet haben. „Verdammt, es tut mir leid. Ich musste ein paar Dinge erledigen." Er wollte es nicht länger aufschieben. „Lass uns die Küche plündern."

Sie fanden übrig gebliebene Pizza und Limonade, und Luke bestand darauf, dass sie ihr Essen auf den Balkon vor seinem Zimmer mitnahmen. Es war spät genug im Jahr, dass sie selbst bei eingeschaltetem Licht nicht von Insekten belästigt wurden. Cassie knabberte an ihrer Pizza, ohne ihn richtig anzusehen. Luke brauchte einige Minuten, um zu erkennen, dass sie versuchte, sich zu etwas durchzuringen.

„Also, wann fahre ich dich zum Flughafen?" Denver war zwei Stunden entfernt, aber das bedeutete nicht, dass er diese Aufgabe delegieren würde. Immerhin war Cassie seine Schwester.

Sie nahm einen weiteren Bissen, größer als der

letzte. Sie machte übertriebene Kaubewegungen und hielt ihn weiter hin. Aber Luke hatte gelernt, mit ihrem Schweigen umzugehen. Er erwiderte ihr Schweigen, sein Gesichtsausdruck blieb freundlich. Nachdem sie geschluckt hatte, betrachtete seine Schwester einen Moment lang sinnierend die Kruste, bevor sie sie zurück auf den Teller legte. „Ich dachte, ich könnte vielleicht ein bisschen länger bleiben? Wir hatten ja noch keine richtige Gelegenheit, miteinander abzuhängen." Sie klang genauso unschuldig wie damals, als sie die Wände seines Zimmers mit hellrosa Farbe besprüht hatte.

Luke wusste, dass sie etwas verbarg, auch wenn das mit dem gemeinsamen Abhängen stimmte. „Was ist mit dem Unterricht?"

Sie verdrehte die Augen. „Es ist nicht so, dass ich mir Sorgen wegen der Anwesenheit machen müsste."

Luke nahm einen Schluck von seinem Getränk, bevor er antwortete. „Jetzt, wo wir die Vampire erwarten, kann ich es nicht riskieren. Nicht mit –"

„Es ist, weil ich mich nicht verwandeln kann." Schmerz lag in ihren Worten. „Ich habe dich gebeten, mich zu verwandeln, warum tust du das nicht?"

Gestaltwandler wurden nicht mit der Fähigkeit geboren, sich in Tiere zu verwandeln. Wenn ihre Eltern die Fähigkeit hatten, lernten sie normalerweise irgendwann im späten Teenageralter sich zu verwandeln. Aber in einigen Fällen, besonders wenn nur ein Elternteil ein Gestaltwandler war, passierte es nicht. Und Cassie war schon fast neunzehn. „Weil es gefährlich ist und wir nicht wissen, dass es nicht auf natürliche Weise passieren wird."

Sie hielt eine Faust hoch und zählte an den Fingern ab, während sie sprach: „Bei Alana passierte es, als sie 15 war, bei Joey mit 16, und bei Leah letztes Jahr. Von all meinen Freunden bin ich die Einzige, der es nicht passiert ist. Warum willst du oder Mom oder Dad nicht einfach akzeptieren, dass ich kaputt bin und ihr mich reparieren müsst?" Ihre Stimme brach und Luke sah eine Träne in ihren Augen. Aber Cassie drehte den Kopf zur Seite und wischte sie diskret weg.

Bei Scott war es erst passiert, nachdem ihre Mutter mit Cassie schwanger war. Und Luke wusste, dass Cassie nicht wollte, dass ihre Freunde erfuhren, dass sie technisch gesehen nur zur Hälfte eine Gestaltwandlerin war. „Du bist nicht kaputt." Luke beugte sich zu ihr, legte einen Arm um ihre Schultern und drückte sie fest an sich. „Aber es ist so gefährlich und viel schmerzhafter als auf dem natürlichen Weg. Warte einfach bis du zwanzig bist, okay? Wenn Mom oder Scott es dann nicht tun wollen, werde ich es tun." Er hatte ihr dieses Versprechen schon einmal gegeben, aber er hoffte, dass es diesmal zu ihr durchdrang.

Und er hoffte, dass sie sich vorher wandeln würde. Er konnte sich nicht vorstellen, seine Schwester zu zerfleischen.

Sie beendeten ihr Abendessen und Cassie sagte nichts mehr davon, länger bleiben zu wollen. Luke dachte nicht mehr daran.

KAPITEL FÜNF

„BEVOR WIR ANFANGEN, möchte ich nur erwähnen, dass das hier verdammt verrückt ist und einer von uns wahrscheinlich am Ende tot sein wird. Höchstwahrscheinlich du." Krista stand neben Mel und sprach mit leiser Stimme. Sie standen direkt am Waldrand, der an Torres` Grundstück grenzte.

Es hatte eine Woche gedauert, bis sie alles zusammen hatten und bereit für den Einbruch waren. Nachdem einige Details geklärt waren, schien es unglaublich einfach zu sein. Wagemutig, aber einfach. Wenn Mel ihren Teil durchziehen konnte, würden sie den Stein rechtzeitig innerhalb der von Tina gesetzten Frist haben.

„Niemand wird dabei sterben." Mel dehnte ihren Nacken und ihre Arme und schwang ihre Glieder im Kreis.

„Wir können den magischen Stein auf andere Weise von Mom bekommen." Krista griff in ihre Tasche und suchte nach magischen Utensilien, während sie sprach.

„Tina wird ihn mir auf keine andere Art geben. Das wissen wir beide." Mel hörte auf sich zu strecken und sah die andere Frau an. „Alles in Ordnung zwischen uns, richtig?"

Kristas Hand pausierte in der Tasche und sie sah Mel nicht an. „Ich werde es machen."

Das war gut genug. Mel sah auf die Uhr, während die Sekunden verstrichen. Bob sollte jeden Moment an seiner Position sein. Sie versuchte, ihren Kopf von allem zu befreien, was darin herumschwebte, von der Spannung zwischen ihr und ihrem Team, den wiederkehrenden Gedanken an Lukes Lippen, die immer wieder auftauchten. Sie durfte an nichts anderes denken als an den Job.

In der Ferne rief eine Eule. Vier Sekunden später krächzte eine Krähe. Und dann noch einmal die Eule. Sie nickte Krista zum Abschied zu und rannte los durch den Wald. Sie hatte eine große Distanz vor sich und kaum genug Zeit, sie zu überwinden. Aber sie hatten zusätzliche Wachen an der Grenze des Grundstücks postiert, also musste Mel ihren Durchbruch genau zum richtigen Zeitpunkt durchführen. Es gab ein Zeitfenster von dreißig Sekunden, innerhalb dessen sie das Territorium betreten konnte, ohne dass jemand den Geruch eines unbekannten Gestaltwandlers wahrnahm.

Und dann musste sie noch ins Haus kommen. Sie aktivierte den Tarnzauber und näherte sich langsam. Schnelle Bewegungen konnten die Illusion eher durchbrechen, aber es war ein riskanter Zauber, wenn es um Gestaltwandler ging, da er einen zwar vor den Augen, aber nicht vor dem Geruchssinn verbarg. Aber wenn Bob seinen Job gemacht hatte, hatte sie genug Zeit, einzubrechen und den Stein zu holen, bevor sie ihren Geruch wahrnehmen konnten.

Sie kletterte die Steinmauer hinauf und fand mit ihren Fingern Halt an Stellen, wo es eigentlich nicht hätte möglich sein sollen. Ihr Ziel war ein kleiner Balkon mit einer einfachen Flügeltür. Normalerweise wäre sie mit einem Alarm gesichert, aber sie konnte ihn deaktivieren und gelangte ohne Probleme hinein. Das war der einfache Teil.

Sie konnten sich um die Leute außerhalb des Hauses kümmern, aber sie hatten keine Möglichkeit zu wissen, wer im Haus war. Krista konnte aktivierte Zauber nicht länger als ein paar Stunden im Haus lassen, daher bestanden ihre Informationen zu einer Hälfte aus Fakten, zur anderen Hälfte aus Hoffnung. Mel schlich nicht durch das Haus. Der Zauber sorgte für Unsichtbarkeit, und selbst wenn jemand ihren Geruch wahrnahm, konnte es eine Weile dauern, bis ihm klar wurde, dass er nicht hierher gehörte. Kein Haus war ohne Besucher.

Niemand sah sie, niemand hielt sie auf. Sie schaffte es bis zum Tresorraum, ohne dass jemand etwas bemerkte. Das Schloss hätte schwierig sein können, aber sie kannte das Modell. Nach ihrer Erfahrung wandten sich die meisten bedeutenden Gestaltwandler wegen der Sicherheitsmaßnahmen in ihrem Haus an die gleichen zwei oder drei Berater. Diese Form der Konsolidierung erleichterte ihre Arbeit. Sie holte Luft, bevor sie die Tür öffnete. Hier wartete das größte Geheimnis. Ihre Aufklärung enthielt keine Informationen über das Innere des Tresorraums.

Aber als sie durch die Tür war, seufzte sie erleichtert auf. Sie hatte Albträume gehabt wegen unbekannter Zauber, vielleicht etwas, das jeden ohne Zugangsberechtigung töten würde. Dabei war es egal, dass kaum ein Gestaltwandler freiwillig eine Hexe in die Nähe seiner Wertsachen lassen würde. Die Schlauen investierten immer in genug Magie, um die Sicherheit ihrer Sachen zu gewährleisten.

Es sah so aus, als wäre Mr. Torres nicht so schlau.

Sie deaktivierte den Sensor an der teuren Glasvitrine und holte den Scharlachroten Smaragd heraus. Die Vitrine sah einschüchternd aus, aber sie entsprach nur dem, womit sie es auch in einem Museum zu tun haben würde.

Sie stopfte den Edelstein in eine kleine Leinentasche, die sie an ihrer Seite trug, und drehte sich zur Tresortür um. Entweder warteten auf der anderen Seite eine Menge Gestaltwandler auf sie, oder der Weg war frei. Es gab nur einen Weg, es herauszufinden. Mel sah auf die Uhr. Krista und Bob sollten jetzt auf ihrer Position für das große Finale sein.

Niemand war im Flur vor dem Tresorraum. Gut. Vielleicht, nur vielleicht, würde Plan B funktionieren und sie würden alle ungeschoren davonkommen. Mit geübter Geduld ging sie über die Innentreppe hinauf zum Zimmer des Alphas. Es war Wahnsinn, sein Zimmer als Fluchtpunkt zu nutzen, aber es war auch der schnellste Weg aus dem Haus.

Innerhalb von Sekunden war sie durch die Tür und in seinem Zimmer. Mel erstarrte am Fenster, als sich die Tür öffnete. Ihr Tarnzauber sollte immer noch funktionieren, aber die plötzliche Bewegung bei einem Sprung durch das Fenster würde ihn brechen.

Ein blonder Kopf tauchte in der Tür auf. „Luke?", fragte ein Mädchen. „Bist du da drin?" Sie trat ein und schloss die Tür hinter sich.

Mel unterdrückte einen Fluch. Sie konnte nicht sprechen, ohne ihre Position preiszugeben. Andererseits würde entweder das offene Fenster oder ihr Geruch sie bald verraten. Aber Mel hielt still.

Sie sah zu, wie sich das Mädchen umsah, dankbar, dass sie das Licht nicht anmachte.

Das Mädchen schien aufzugeben, murmelte etwas und ging wieder durch die Tür hinaus. Mel atmete aus. Sie untersuchte das Fliegengitter am Fenster und fand einen Sensor. Ein Alarm würde ertönen, wenn sie ihn aus dem Rahmen entfernen würde. Ein Blick auf die Tür zum Balkon sagte ihr, dass dort dasselbe passieren würde. Aber es gab einen einfachen Weg um den Rahmen herum.

Sie hörte schnelle Schritte im Flur vor der Tür.

Mel zog ein kleines Messer mit einziehbarer Klinge aus ihrer Tasche und schnitt ein großes X in das Fliegengitter. Der Sturz würde höllisch weh tun, aber er würde sie nicht töten. Sie trat ein paar Schritte zurück und rannte auf das Fenster zu und tauchte durch das Loch, das sie gemacht hatte. Gerade als sie durch das Fenster flog, hörte sie, wie sich die Tür hinter ihr wieder öffnete.

Showtime.

Sie befand sich mitten auf dem Territorium der Gestaltwandler, war auf der Flucht vor ihnen und trug ihren wertvollsten Besitz bei sich. Das würde schwierig werden. Sie musste es in den Wald schaffen, der an das Grundstück grenzte und eine Meile entfernt war, bevor sie sie erwischten.

Mel ließ alle Zurückhaltung fallen und rannte los über das Gras des Gartens und tauchte dann in den

Wald ein. Sie vertraute darauf, dass ihr Körper den richtigen Weg fand und heruntergefallene Äste und Ranken umging. Natürlich wäre das alles viel schneller gegangen, wenn sie die Strecke in ihrer anderen Gestalt hätte zurücklegen können, aber dann hätte sie keine Möglichkeit, den Edelstein zu transportieren. Sie hatte kurz in Erwägung gezogen, ihn dann in ihr Maul zu nehmen, aber das Risiko, ihn zu verschlucken, war zu groß.

Der Wald um sie herum war unheimlich still. Aber andererseits wurde sie von Löwen verfolgt, sie würden kaum zu hören sein, wenn sie aufholten. Sie schaute nicht hinter sich, sondern blickte zu den dicken Ästen über ihr auf. Wenn sie jemanden fangen wollte, würde sie sich von oben auf ihn stürzen. Aber sie war eine Leopardin. Das war ihr Stil. Lukes Rudel bestand aus Löwen. Wer wusste, wie sie sich verhalten würden? Dies war nicht die Savanne.

Ihr Herz schlug in ihrer Brust und schlug so schnell, dass sie den Puls in ihrer Schläfe spüren konnte. Aber sie legte die Meile zurück und fand den kleinen Zauber, begraben unter der Erde. Seine Schwingungen waren im Gleichklang mit denen ihres Tarnzaubers. Sie zog die Tarnung von dem Armband, das sie trug, und griff nach der kleinen Leinentasche mit dem Scharlachroten Smaragd und vergrub beides unter einer dünnen Schicht Erde. Krista würde kommen und den Edelstein abholen und der Zauber würde ihn vor den Werkatzen verbergen.

In Torres Haus einzubrechen war nicht so schwer gewesen. Den Stein zu stehlen war noch einfacher gewesen als erwartet, aber jetzt kam der Teil, der diesen Job so verdammt schwierig machte. Sobald ein Gestaltwandler einen Geruch aufgenommen hatte, vergaß er ihn nicht. Sie würde eine markierte Frau in diesem Gebiet sein, solange Luke Torres regierte, vielleicht länger. Und das nur, wenn sie entkommen konnte.

Ihr Auto war noch weitere zwei Meilen entfernt versteckt, und sie hatte keine Ahnung, welche Verbindungen Torres zu den örtlichen Strafverfolgungsbehörden hatte. Sie und ihr Team hatten alle möglichen Abkürzungen genommen, um diese Sache durchzuziehen, und jetzt musste sie den Preis zahlen.

Mel fühlte die erste Katze mehr, als dass sie sie sah. Es war ein Kribbeln im Nacken. Sie beschleunigte ihr Tempo und rannte, so schnell sie konnte. Sie machte genug Lärm, um jedes kleine Tier in einem Umkreis von einer halben Meile zu erschrecken, aber Geschwindigkeit war jetzt wichtiger als Tarnung.

Ein Brüllen ertönte weit hinter ihr und sie wäre beinahe erstarrt. Der Alpha wusste Bescheid und jetzt war er hinter ihr her. Sie hätte Angst haben sollen, aber Mel lächelte und spürte den Nervenkitzel der Jagd. Selbst wenn sie die Gejagte war, war dieser Alpha ein würdiger Gegner. Und egal was mit ihr passieren würde, sie hatte ihn bereits geschlagen.

Mel konnte nicht schneller rennen. Es gab einfach eine Grenze, wie schnell zwei Beine eine Person tragen konnten, und sie hatte diese Grenze erreicht. Es würde zu lange dauern, in die andere Form zu wechseln und wieder Geschwindigkeit aufzunehmen. Das Gebrüll dieses Löwen sagte ihr, dass sie in Schwierigkeiten war, aber sie gab nicht auf. Flucht war fast unmöglich, aber sie war schon öfter in unmöglichen Situationen gewesen. Sie kam immer heraus, irgendwie.

Diesmal sah es jedoch so aus, als müsste sie einen anderen Weg finden. Eine Löwin landete hinter ihr, ihre Krallen gruben sich in die Erde, nur wenige Meter von der Stelle entfernt, an der sie einen Moment zuvor noch gewesen war. Mel kam schlitternd zum Stehen. Sie konnte einer Katze nicht entkommen, nicht auf zwei Beinen. Wahrscheinlich nicht einmal auf vier Beinen. Einem Gestaltwandler auf seinem eigenen Territorium zu entkommen war unmöglich.

Kämpfen oder sich ergeben?

Sie wusste, was sie tun sollte, aber ihre Krallen stachen in ihren Fingerspitzen und wollten unbedingt herausgelassen werden. Sie könnte eine

Katze besiegen. Selbst in menschlicher Form. Aber der vernünftigere Teil von ihr mahnte zu einer anderen Vorgehensweise. Es würde nicht lange nur eine Katze sein, und der Kampf würde sie aufhalten.

„Verdammt!" Mel drehte sich mit erhobenen Händen um.

Eine goldene Löwin duckte sich vor ihr, bereit zum Sprung, um sie niederzureißen. Mel senkte den Kopf, behielt das Tier aber im Blick. „Ich unterwerfe mich der Gnade des Alphas." Die Worte verbrannten fast ihre Zunge, aber rituelle Worte hatten Macht. Sie waren wichtig. Jetzt konnte diese Löwin sie nicht töten, nicht wenn Ehre ihr wichtig war. Es gab nur einen Mann, der ihr jetzt noch etwas antun konnte.

Luke Torres.

Luke hatte den Bericht von Maya. Sie hatten den genauen Weg der Diebin rekonstruieren können, sowohl anhand von Videoaufnahmen als durch ihre Geruchsspuren. Und doch konnte sich niemand erinnern, sie gesehen zu haben, als sie hereinkam. Ein Dutzend Leute im Haus und sie war mit den sprichwörtlichen Kronjuwelen abgehauen.

Er ging zwei Stockwerke hinunter in ein Untergeschoss, das es eigentlich nicht geben sollte. Es war eigentlich ein winziger Raum nur mit einem

Deckenlicht und ohne Möbel. Sie nannten es den Käfig, aber der Name passte nicht. Hier gab es keine Gitter oder Stangen, nur eine Stahltür mit einem Griff an der Außenseite. Der einzige andere Weg in den Raum hinein war durch einen knapp 13 cm breiten Lüftungsschacht in der Decke. Keine Kreatur, von der Luke wusste, passte da durch, zumindest keine, die auch menschlich aussehen konnte. Und diese Frau sah definitiv menschlich aus.

Obwohl er feststellte, dass er die roten Haare vermisste.

Er ließ die Stahltür hinter sich zufallen und studierte seine Gefangene. Nicht viele Menschen lieferten sich der Gnade eines Alphas aus. In einigen Territorien wäre das Selbstmord. In anderen wäre es noch schlimmer. Besonders für eine Frau, die so schön war wie die, die sich gegen die Steinmauer lehnte. Im Moment war ihre Schönheit eher eine Erinnerung. Sie trug schwarze Kleidung, die ihre Figur verbarg und ihr gleichzeitig viel Bewegungsfreiheit gab. Ihr Gesicht war unter einer Sturmhaube verborgen. Unter anderen Umständen hätten seine Katzen ihr die Maske abgenommen, aber so wie es war, durfte niemand sie berühren.

Niemand außer ihm.

Das hätte ihn nicht erregen sollen. Er war nicht diese Art Mann, aber Katie – oder wer auch immer sie war – hatte ihn bis in seine Träume verfolgt. Die

Dinge, die er ihr jetzt antun konnte ... Aber er würde es nicht tun. Es gab Grenzen, die ein Mann nicht überschritt.

Er studierte die Diebin. Dafür, dass sie in einer Zelle saß, wirkte sie recht entspannt. Bei ihrem Beruf bezweifelte er allerdings, dass dies ihr erster Aufenthalt in einem Käfig war. Sie hatte ein Bein angezogen und ein Arm ruhte auf ihrem Knie. Ihr Kopf war gegen die Wand hinter ihr gelehnt. Und doch musterten ihre Augen ihn mit berechnender Kälte. Dann ließen sie von ihm ab und nahmen den Rest des Raumes in sich auf.

„Wie viele Fluchtwege hast du ausgemacht?", fragte er.

Die Frau lächelte und Luke spürte, wie sein Herz pochte. Sie versuchte nicht, sich hinter einem Lächeln zu verstecken – sie ließ das Raubtier durchscheinen. „Es *gibt* nur eine Tür." Ihre Stimme war tiefer als in der Bar und er fragte sich, ob das ihre wirkliche Stimme war.

„Eine Tür aus diesem Raum heraus, ja. Aber ich bin sicher, dass dich das nicht überrascht." Er machte fast einen Schritt auf sie zu, hielt sich aber zurück. Der Abstand zwischen ihnen betrug nur etwas mehr als einen Meter, keine Notwendigkeit, ihn zu verringern.

„Sollte man denken."

Luke rutschte hinunter und setzte sich gegen die

Tür. Es fühlte sich falsch an, sie zu überragen. „Ich nehme an, dein Name ist nicht Katie." Es war irgendwie lächerlich, dass er mit einer maskierten Frau sprach. Und es war unmöglich, dass dieses Ding auf ihrem Gesicht bequem war. Luke beugte sich vor und griff nach der Sturmhaube, zog sie ihr vom Kopf und enthüllte braune Haare und den Rest des Gesichts, von dem er glaubte, es so gut zu kennen. Er erinnerte sich an die grünen Augen, aber ohne die roten Haare sahen sie glanzloser aus. Und sie hatte bei ihrer ersten Begegnung den Hauch von Sommersprossen auf einer Wange überdeckt. Aber ihr Gesicht war nicht asymmetrisch, wenn überhaupt, gefiel es ihm besser. Er merkte, dass er lächelte. „Würdest du mich aufklären?"

Sie öffnete den Mund, unterdrückte aber, was auch immer sie sagen wollte. Es war nie eine kluge Entscheidung, den Mann anzulügen, der die ultimative Macht über Leben oder Tod hatte. „Mel."

Das war ein Anfang. „Und weiter?" Es musste Hunderte von Mels auf der Welt geben. Ohne Nachnamen, ohne vollständigen Namen wusste er nicht, ob sein Sicherheitsteam mehr über sie herausfinden konnte.

Aber sie lächelte nur. „Ich bin Mel", sagte sie, als würde sie einem Kind erklären, dass der Himmel blau sei.

„Ich bin Luke, aber das wusstest du schon." Wenn

sie über das Offensichtliche sprechen wollte, würde er mitspielen. „Warum hast du um Gnade gebeten?" Er hatte nicht die ganze Nacht Zeit, aber wenn er sich vergaß, könnte er viel zu lange bleiben und mit ihr reden. Der Boden war hier bequemer, als er es in Erinnerung hatte.

Mel schluckte und sah weg, diesmal war Luke sicher, dass sie keine Flucht plante. „Meine Mutter hat mir immer gesagt, ich soll niemals gegen Löwen kämpfen. Ich weiß nicht, ob das metaphorisch gemeint war." Ein seltsamer Ausdruck huschte über ihr Gesicht, Zuneigung und Bedauern. „Ich wusste nicht einmal, was metaphorisch bedeu ..." Sie schüttelte den Kopf und kehrte zu einem neutralen Gesichtsausdruck zurück. Mel nahm sich eine Sekunde Zeit und sah dann mit leuchtenden Augen zu ihm hinüber. „Du hast den Ruf, ein Mann von Ehre zu sein."

Lukes innerer Löwe putzte sich heraus. Aber dies war nicht der richtige Moment, sich in Komplimenten zu sonnen. „Und ein Mann von Ehre würde einen Dieb nicht hinrichten?" Die Worte schmeckten wie Asche auf seiner Zunge. Er konnte sich ihren Tod nicht einmal vorstellen, obwohl er eigentlich in Racheplänen hätte schwelgen sollen. Seltsam, und er hatte keine Ahnung warum.

„Nicht ohne Gerichtsverfahren." Sie bewegte ihren Arm so, dass ihr Ellbogen sich auf ihr Knie stützte und ihr Kopf auf ihrer Hand ruhte. „Also, Mr. Torres, bist du ein Mann von Ehre?"

„Meine Schwester könnte anderer Ansicht sein." Er wollte mit dieser Frau nicht über seine Schwester sprechen. Er hatte keinen Grund dazu, aber er konnte sich nicht bremsen. „Hast du eine?"

Mels Augenbrauen schossen hoch und es sah aus, als wäre sie beinahe zurückgewichen. Er bemerkte es daran, dass sich die Muskeln ihres Nackens leicht zusammenzogen. Sie antwortete über eine Minute lang nicht, er glaubte nicht, dass sie es noch tun würde. Aber seine Mel war voller Überraschungen. „Ich nehme an, nicht", sagte sie leise.

Luke beugte sich zu ihr. Er redete sich ein, dass es ihm nur darum ging, sie besser hören zu können, aber er konnte ein Opossum aus einer Entfernung von 150 Meter durch den Wald rennen hören. Er spielte keine dummen Spielchen, nicht einmal mit sich selbst. Aber er zog sich auch nicht zurück. „Du nimmst es an?" Sie roch nach Wald, Schlamm gemischt mit Schweiß. Er hatte bisher noch nie bemerkt, wie verlockend das war.

Mel neigte ihm ihren Körper zu und sah auf seine Lippen, während sie sprach. Luke wollte, um nicht die Kontrolle über sich zu verlieren, seinen Blick von ihrem Gesicht abwenden, aber irgendetwas hinderte ihn daran. „Nein, keine Schwester. Gar keine Familie." Ihre Hand bewegte nach oben und sie strich ihm einige Haare zur Seite, die über seine Augen gefallen waren.

Luke hatte nicht bemerkt, dass er in ihrer Reichweite war. Er ergriff ihre Hand und zog sie von sich herunter. Die Hände einer Diebin sollten nicht so zart sein. Er zeichnete die dünne Linie in der Mitte ihrer Handfläche nach und spürte, wie sich ihre Hand bei der Berührung zusammenzog. Aber er zog sie noch näher an sich heran. Ihre Hand war nur Zentimeter von seinen Lippen entfernt, als sie sie schnell zurückzog.

Dann machte Luke einen Rückzieher. Er stand auf, zwang sich, zurück durch den Raum zu gehen und so viel Abstand wie möglich zwischen sie zu bringen. Was zum Teufel hatte er sich dabei gedacht?

„Wo ist der Stein?", wollte er mit unversöhnlicher Stimme wissen.

„Ich habe ihn nicht." Sie sprach so schnell, dass er wusste, dass sie die Frage erwartet hatte.

Er wusste, dass Maya sie erwischt hatte, bevor sie es irgendwo anders hin hatte schaffen können, und es waren keine anderen Duftspuren gemeldet worden. Niemand anderes war mit ihr zusammen auf seinem Grundstück gewesen. Sie musste lügen. „Steh auf", befahl er.

Mel stand mit einem strahlenden Lächeln auf. Sie bewegte sich träge und streckte sich, als sie sich zu ihrer vollen Größe aufrichtete. In dieser Nacht in der

Bar hatte er gedacht, sie sei viel kleiner als er, aber jetzt schien der Größenunterschied wesentlich geringer zu sein. Sie musste ihren Kopf kaum anheben um ihm direkt in die Augen sehen zu können. „Wirst du mich abtasten?"

Das war der Plan gewesen, aber als Luke sie ansah, überlegte er es sich noch einmal. Weil er sich wirklich, wirklich wünschte, sie zu berühren. Er hielt Abstand. „Werde ich etwas finden, wenn ich es tue?"

Sie grinste, er konnte das Mädchen sehen, das sie irgendwann einmal gewesen sein musste. Intelligent, fröhlich und den Kopf voller Unfug. „Was für eine Diebin wäre ich dann?" Sie ließ ihre Antwort auf ihn wirken und wechselte dann das Thema. „War es das Mädchen, das dir den Tipp gegeben hat?"

Luke runzelte die Stirn. „Wie bitte?"

Ihre Augen verengten sich und sie beugte sich ein wenig vor. „Nach meiner Rechnung hätte ich noch mindestens dreißig Sekunden Zeit gehabt. Ein blondes Mädchen hat mich gesehen. Hat sie es dir gesagt? Oder lag ich mit meiner Einschätzung so weit daneben?"

Es waren viele Blondinen im Rudel, aber nur eine, die zu der fraglichen Zeit im Haus gewesen war. Luke ging auf Mel zu, stieß sie gegen die Wand und hielt ihre Hände fest. „Wenn du auch nur in ihre Nähe kommst, werde dich töten. Hast du das verstanden?" Er knurrte es, aber innerlich brüllte er.

Mel sah nicht ängstlich aus, sie lächelte, aber er konnte den angsterfüllten Puls ihres Herzschlag in ihren Adern spüren. „Sie schien ein bisschen jung für dich zu sein. Aber ich habe kein Problem mit deiner Freundin."

„Sie ist nicht meine Freundin." Luke wollte das nicht sagen. Er würde Mel nichts erzählen, was sie nicht wissen musste. Besonders wenn es um Cassie ging. Aber er wollte auch nicht, dass sie dachte, es gäbe eine Beziehung, die nicht existierte. Er ließ es gut sein und trat zurück. „Kooperiere mit meinen Leuten. Nachher kommt noch jemand, der mit dir reden wird."

Er klopfte einmal an die Tür und wurde von den Wachen rausgelassen.

KAPITEL SECHS

DER ALPHA LIEß Mel zwei volle Tage in der Zelle schmoren. Zweimal am Tag, jeweils morgens und abends, kam eine Wache, um sie durch einen pechschwarzen Flur zu einem Badezimmer ohne Fenster zu führen. Sie gaben ihr keine Chance zur Flucht. Das war in Ordnung, wirklich. Sie brauchte das auch nicht. Mel musste nichts gegeben werden. Sie nahm sich, was sie wollte, und alles andere war ihr vollkommen egal.

Das Badezimmer hatte einen Wasserhahn, also versuchte sie, wenigstens immer ein paar Schlucke Wasser zu trinken, bevor sie wieder in ihre Zelle zurückgeführt wurde. Das war nicht genug. Sie wusste nicht, ob sie vorhatten, ihr so lange Essen und Trinken vorzuenthalten, bis sie redete oder sonst was, aber sie wusste, dass sie ernsthafte Probleme haben würde, wenn sie auch nur noch einen Tag so weitermachen würden. Es waren immer noch mindestens drei Tage, bevor Hilfe für sie kommen würde, und sie konnte es sich nicht leisten, dann nicht mehr bei Kräften zu sein.

Falls Krista auftauchte.

Nein. Mel wies den Zweifel zurück. Es waren nur der Hunger und die Dehydrierung, die aus ihr sprachen. Dies war der Job, und ungeachtet aller persönlichen Scheiße, würde Krista ihn erledigen.

Mels Kopf schoss ruckartig nach oben, als sich die Tür öffnete. Sie war nicht sicher, wie spät es war, aber es konnte noch nicht die Zeit sein, zu der ihre Wache sie zum Badezimmer führte. Und wenn doch, dann hatte sie ein Problem, denn es würde bedeuten, dass sie jegliches Zeitgefühl verloren hatte. Oder sie änderten die Zeiten, um genau das zu erreichen.

Aber es war nicht eine der beiden Wachen, die sie zuvor gesehen hatte. Eine kleine Latina-Frau stand in der Tür, ihr leuchtend rotes Haar war zu einem Zopf geflochten, und ihr Outfit war so grell, dass Mel, die an die dumpfen Grautöne ihres Käfigs gewöhnt war, fast geblendet wurde. „Der Alpha hat eine Mahlzeit für dich vorbereitet", sagte die Frau. Sie sprach mit einem leichten Südstaatenakzent. „Er hat mich gebeten, dir zu sagen, dass du keinen Fluchtversuch unternehmen und niemandem Schaden zufügen sollst, wenn du nicht angegriffen wirst. Wenn du angegriffen wirst, darfst du dich natürlich verteidigen."

Die üblichen Regeln. Sie war Lukes Schutzbefohlene und er war für ihre Sicherheit verantwortlich. Und bis er entschied, was er mit ihr tun wollte, war sie bei ihrer Ehre an seine Befehle gebunden. Glücklicherweise hatte Mel es mit der Ehre noch nie allzu genau genommen.

Sie brauchte einen Moment, um aufzustehen, und als sie stand, war es einige Sekunden lang so, als würde der Boden unter ihren Füßen schwanken. Mel biss die Zähne zusammen, konzentrierte sich aber darauf, alles andere locker zu halten. Diese Leute sollten nicht erfahren, dass das, was sie ihr zumuteten, irgendwelche Auswirkungen auf sie hatte. Sie würde keine Schwäche zeigen. Sobald sich der Boden unter ihren Füßen wieder stabilisiert hatte, lächelte Mel die Frau an. „Das hört sich wunderbar an." Ihre Stimme war heiser. Nichts, was ein wenig Wasser nicht wieder gut machen würde.

Die Frau antwortete ihr nicht. Sie führte Mel durch die untere Ebene und eine Treppe hinauf, ohne zu versuchen, ihren Weg zu verbergen, und ging dann mit ihr direkt zu einem anderen kleinen Raum, in dem eine Pritsche und ein Tisch standen. Sie waren immer noch unter der Erde und es gab keine Fenster. Aber dieses Zimmer hatte einen

Lichtschalter neben der Tür und Mel konnte ein kleines Badezimmer sehen.

Was, um alles in der Welt, war das für ein Spiel?

„Gab es gerade keine Gitter mehr, als ihr dieses Haus gebaut habt?", fragte sie.

Die Frau bedeutete Mel, an dem kleinen Tisch Platz zu nehmen. Dort standen zwei Stühle, einer zeigte Richtung Tür und der andere zur Wand. Die Frau stand neben dem Stuhl, der in Richtung der Wand zeigte. Wunderbar. Mels Rücken kribbelte, als sie sich setzte, mit dem Rücken zur Tür. Aber sie hielt ihren Rücken gerade. Hauptsache, sie bekam etwas zu essen.

Mel roch ihren Besucher eine Sekunde, bevor ihre Wache aufblickte. Hitze durchströmte sie und ließ ihren Puls in die Höhe gehen. Die Anziehung, die der Alpha auf sie ausübte, war mehr als unpraktisch. Und höllisch frustrierend. Zu jeder anderen Zeit, hätte sie sich ein bisschen Spaß mit ihm gegönnt und wäre dann mit ihm fertig gewesen. Im Moment allerdings hatte er vollkommene Macht über sie und sie wünschte sich fast, er würde diese Tatsache ausnutzen.

Sie würde ihn für immer hassen, aber verdammt, wenn es keinen Spaß machen würde.

„Danke, Maya." Er nahm den anderen Platz ein, nachdem Maya die Tür hinter sich geschlossen hatte.

Mel wollte den Raum in Augenschein nehmen,

aber ihre gesamte Aufmerksamkeit wurde vom Alpha absorbiert. Nach diesen zwei Tagen sah er ziemlich erschöpft aus. Aber zumindest hatte er etwas zu essen gehabt. Apropos Essen, sie konnte etwas Warmes und Leckeres riechen. Ihre Augen folgten diesem Geruch bis zu seiner Hand. Er stellte einen kleinen Plastikbehälter ab und nahm den Deckel ab. Es war nur etwas Reis und Hühnchen, aber Mel musste sich beherrschen, es nicht an sich zu reißen. Er stellte eine Flasche Wasser neben das Essen.

Er stellte das Essen zwischen sie und wartete darauf, dass sie ihn ansah. Als sie aufblickte, fing er an zu sprechen. „Du hast den Smaragd gut versteckt. Nun, ich hoffe Du bist zufrieden."

Er war nicht versteckt, aber das sagte Mel ihm nicht. Sie versuchte, nicht das Essen anzustarren. Wenn sie es nicht ansah, würde ihr Magen vielleicht nicht so weh tun.

„Alles was ich will ist ein Hinweis." Er schubste das Essen und das Wasser über den Tisch und Mels Hände schnellten hoch, um zu verhindern, dass alles herunterfiel.

„Was?"

„Einen Hinweis", wiederholte Luke. „Ich werde kein fruchtloses Spiel mit dir spielen. Ich weiß, dass du mir nicht sagen wirst, wo er ist. Aber ich hoffe, du wirst mir entgegenkommen." Er zog einen Löffel aus seiner Tasche und legte ihn neben ihr Essen. „Das Essen gehört dir, so oder so."

Nachdem Mel vorsichtig daran gerochen hatte, stürzte sie sich darauf. Sie wollte nicht abwarten, ob er seine Meinung änderte. Nach zwei Minuten hatte sie die Hälfte aufgegessen und als sie aufsah, sah sie, dass Luke sie beobachtete. Sie machte nicht langsamer.

„Du hast schon früher gehungert." Es war keine Frage.

Mel schluckte und wischte sich mit dem Handrücken ein Reiskorn vom Mund ab. „Ich nehme an, jeder muss ab und zu mal hungern."

Luke setzte sich auf das Bett und überließ ihr den Tisch. „Ich hätte dir das Essen nicht vorenthalten, wenn ich es gewusst hätte. Es tut mir leid."

Sie fühle einen Anflug von Wut. „Ich brauche dein Mitleid nicht." Sie schnappte sich den letzten Bissen Reis und schluckte ihn hinunter.

„Es ist kein Mitleid". Er lehnte er sich zurück, sein ganzer Körper lag über dem schmalen Bett, und seine Schultern lehnten an der Wand. „Aber ich halte nichts von Folter. Nicht zur Bestrafung."

„Das sollte eine Strafe sein?" Sie konnte das aggressive Lachen nicht unterdrücken. „Ich nehme an, du warst noch nie in den Wäldern des Feuers?"

Der Alpha richtete sich wieder auf und seine Augen wurden schmal. „Du bist zu jung, um da lebend herausgekommen zu sein. Niemand, der jünger als mindestens hundert Jahre ist, hätte das schaffen können."

Mel griff nach dem Plastikbehälter und ließ ihn müßig kreiseln. „Die Leute versuchen immer, mir zu sagen, was ich nicht kann. Das geht nie gut aus für sie." Sie studierte Torres. Er gab nicht vor, lässig zu sein, und tat nicht so, als interessiere ihn das nicht. Sie schob den Behälter hin und her und seine Augen folgten ihren Fingern. Es hatte etwas köstlich Böses, die Aufmerksamkeit dieses Mannes an sich zu binden. „Also, hast du schon deine Nachforschungen angestellt?", fragte sie. „Du hattest vor zwei Tagen keine Ahnung, wer ich war."

Er stand auf und durchquerte den Raum. Er beugte sich über den Tisch und legte seine Hände neben ihre. „Vor zwei Tagen warst du nicht wichtig."

Das tat weh, auch wenn es das nicht hätte tun sollen. „Ich war schon immer wichtig."

Luke war wenige Zentimeter von ihrem Gesicht entfernt und tat etwas Seltsames. Er lächelte. „Das wusste ich vor zwei Tagen noch nicht."

Sie erhaschte einen Hauch von seinem Geruch. Das Zimmer hatte von dem Moment an, als er es betrat, nach ihm gerochen, aber jetzt traf es sie mit voller Wucht. Kiefer, mit einer Zitrusnote. Seine Pupillen weiteten sich und sie leckte sich die Lippen.

Sein Blick senkte sich und sie tat es noch einmal. Sein Mund stand ein bisschen offen.

Oh, sie war in Schwierigkeiten. Mehr als ihr klar war.

Ohne nachzudenken, bedeckte sie seine Hand mit ihrer eigenen. Er bewegte sich nicht weg und versuchte nicht, sie zu packen. Luke blieb unbeweglich an seinem Platz und Mel wollte sich vorbeugen und die kostbaren Zentimeter zwischen ihnen stehlen. Nur ein paar Zentimeter und dann würde sie wissen, ob er immer noch so gut schmeckte, wie er roch, immer noch so gut, wie er aussah.

Seine andere Hand bedeckte ihre.

Ach, zum Teufel.

Sie beugte sich vor und berührte mit ihren Lippen kurz seinen Mund, bevor sie sich in ihren Stuhl zurücklehnte. Mel war zufrieden, als der Alpha sich vorbeugte und versuchte, ihr zu folgen. Sie leckte sich die Lippen, blieb aber auf Abstand. „Ich dachte immer, ein Alpha würde bitter schmecken."

Er erstarrte, sein Gesichtsausdruck lag irgendwo zwischen Entsetzen und Lachen. „Was?" Die Worte brachen den Zauber und er setzte sich ihr gegenüber auf den Stuhl und stütze seine Ellbogen auf den Tisch. Sie brauchte einen Moment, um zu erkennen, dass sich ihre Hände immer noch berührten.

Sie zog ihre Hände nicht zurück. „Ich habe vor

dir noch nie einen Alpha geküsst. Und heute war das zweite Mal. Du bringst meine Erwartungen durcheinander."

„Ich habe noch nie einen Katzen-Einbrecher geküsst. Ich nehme an, damit sind wir quitt." Er zog seine Hände weg.

Mel hatte keine Ahnung, was sie tat. Sie war nicht in der Position, jemanden zu küssen, geschweige denn den Mann, der sie gefangen hielt. Aber alles, was sie wollte, war zu lächeln und weiter zu flirten. „Ich nehme an, es war besser als ein Vampir." Was redete sie da?

Luke schien ebenfalls verwirrt. Aber seine Hand bewegte sich vorwärts. Sie ließ ihre Finger über den Tisch gleiten, um seine Nägel zu berühren. Er war so nah, dass es sich irgendwie falsch anfühlte, ihn nicht zu berühren. „Du hast einen Vampir geküsst?" Sie wusste nicht, ob sein Ekel durch den Gedanken an einen Vampir verursacht wurde, oder durch die Vorstellung, dass sie jemand anderen küsste. Sie wusste nicht, welcher Grund ihr lieber wäre.

„Ich war sechzehn und neugierig." Sie konnte nicht anders als zu lächeln. Sogar als Gefangene in seiner Festung machte es Spaß mit ihm zu reden und ihn zu necken.

Aber Luke erblasste. „Bitte sag mir, dass er nicht ... das ist ... wie alt war *er*?"

Mel ergriff seine Hand und zeichnete eine kleine

Narbe zwischen Daumen und Zeigefinger nach. Ihr Lächeln verging, als sie sich an den Vampir erinnerte. „Das spielt keine Rolle." Sie hatte nicht erwartet, dass seine Haut weich sein würde. Sie fuhr mit ihren Fingern über seine raue Handfläche, aber sein Handrücken war weich, bis auf ein kleines Haar und diese eine Narbe. „Hast du jemals?"

Er verstand die Frage. „Nächste Woche werde ich zum ersten Mal länger als dreißig Sekunden mit Vampiren zusammen sein, ohne jemanden zu schlagen. Hoffe ich jedenfalls."

Natürlich war das der Grund, warum die Arbeit so schnell erledigt werden musste und so wenig Zeit für die Vorbereitung geblieben war. „Ich nehme an, ich habe deine Pläne durcheinandergebracht." Sie wollte ihn nicht verärgern, aber es fühlte sich natürlich an, diesem Mann das zu sagen, was ihr in den Sinn kam. Es gefiel ihr.

Und Luke war nicht verärgert. Er sah von ihren sich berührenden Händen auf und sie sah ein kleines Lächeln um seine Lippen spielen. „Ja, das hast du." Aber als er die Worte sagte, durchbrach er die seltsame Magie, die sich zwischen ihnen entwickelte. Das Lächeln verschwand von seinen Lippen und an seine Stelle trat ein melancholisches Stirnrunzeln. „Wer hat dich beauftragt?"

Mel entzog sich und unterbrach den Kontakt

zwischen ihnen. „Vertraulichkeit zwischen Dieb und Kunde, es tut mir leid."

Luke griff nach dem Plastikbehälter, in dem das Essen gewesen war, und stand auf. „Wenn du bereit bist zu reden, werden wir reden." Er ging, ohne sich noch einmal umzusehen.

Mel fühlte sich hilflos. Sie war schon öfter in Gefangenschaft gewesen, manchmal absichtlich, manchmal nicht. Und egal was passierte, sie hatte immer einen Plan, hatte eine gewisse Kontrolle über die Situation. Aber das hier war neu für sie. Sie wollte mit Luke sprechen, ihm sagen, was vor sich ging. Sie wollte ihn definitiv die ganze Nacht und den ganzen nächsten Morgen küssen.

Und das war nicht normal. Eine Idee, kaum mehr als ein aufdringlicher Gedanke, versuchte zu suggerieren, was los war, aber Mel schob es weg. Sie hatte keine Zeit für was auch immer es war.

Um sich abzulenken, studierte sie ihre neue Zelle. In der kurzen Zeit, in der er mit ihr im Raum gewesen war, hatte Lukes Geruch den Ort durchdrungen und sich mit ihrem vermischt und ein Aroma hinterlassen, das nicht annähernd so ansprechend sein sollte. Andererseits hatte sie seit drei Tagen nicht mehr gebadet, und jeder Geruch wäre ansprechender gewesen als nur ihr eigener.

Der Raum beinhaltete nicht viel, nur das schmale

Bett, den Tisch und das kleine Badezimmer. Das Gefährlichste im Badezimmer war eine kleine Flasche mit Shampoo. Sie könnte das Shampoo einem Wächter in die Augen spritzen, aber die Sekunden, die sie dadurch gewinnen würde, wären nicht ausreichend für eine Flucht. Es gab Handtücher, was schön war, aber keine Duschstange und keinen Vorhang. Sie fragte sich, ob es von Lukes Seite Intelligenz oder entsprechende Erfahrung war, dass hier keine Gegenstände waren, die sich als improvisierte Waffen eigneten. Die meisten Gestaltwandler machten sich darüber keine Sorgen. Entweder war er schlauer als der durchschnittliche Alpha oder er hatte Erfahrung mit unkonventionellen Bedrohungen.

Mels Hand landete auf der Silberkette um ihren Hals. Die Legierung und ihre relativ hohe Silbertoleranz führten dazu, dass die Kette sie nicht störte. Ihre Finger spielten mit der Kette und gingen immer wieder hin zu dem Anhänger, der daran baumelte. Wenn sie sich entscheiden musste, ob Luke erfahren oder weise war, würde sie lieber auf Weisheit setzen. Weil selbst der weiseste Gestaltwandler das, was kommen würde, nicht vorausahnen konnte.

KAPITEL SIEBEN

Maya wartete in Lukes Büro auf ihn. Sie lehnte sich mit verschränkten Armen an seinen Schreibtisch und hob eine Augenbraue, als er die Tür mit zu viel Kraft schloss. „Also hat sich der Plan geändert?", fragte sie. Wenn sie mit jemand anderem sprechen würde, würde er sagen, dass sie spottete. „Seit wann ..." Erst als sie anfing zu sprechen, erinnerte sie sich daran, dass sie mit ihrem Alpha sprach. „Es ist nicht üblich, dass du Gefangene verhörst."

Luke ließ sich auf seinen Stuhl sinken, lehnte sich zurück und trommelte mit den Fingern auf den Tisch. „Es ist nicht üblich, dass dein Team eine Frau etwas aus meinem Tresor stehlen lässt." Er musste keinen giftigen Ton anschlagen, damit Maya zusammenzuckte. „Irgendwelche Neuigkeiten bezüglich des Edelsteins?"

Maya richtete sich auf. „Nein." Wenn Frustration Energie erzeugen könnte, hätte dieses eine Wort das Haus einen Monat lang mit Strom versorgt. „Und auch keine Spur von ihren Komplizen. Kein Geruch, nichts Offensichtliches in der Stadt. Gar nichts." Maya gab das Stehen auf und ließ sich auf den Stuhl gegenüber sinken. Sie legte ihren Knöchel unter ihr Knie und lehnte sich zurück.

Luke versuchte sich an irgendetwas von der Nacht, als sie sich zum ersten Mal trafen, zu erinnern, aber er kam nicht über rote Haare und weiche Lippen hinaus. Vielleicht war das der Zweck der Perücke. Er hatte sie danach fragen wollen, war aber irgendwann abgelenkt worden. Wie lange musste er warten, um nicht zu früh zu ihr zurückzugehen?

Maya wedelte mit ihrer Hand vor seinem Gesicht. Luke zuckte zusammen und schlug sie weg. „Was?"

Sie hob eine Augenbraue. „Soll ich sagen, was ich denke?"

„Nein." Seine Sicherheitschefin war mindestens ein Jahrhundert älter als er, obwohl sie nie ihr tatsächliches Alter preisgegeben hatte. Und sie schien zu glauben, dass ihre Lebenserfahrung es ihr erlaubte, Luke Ratschläge zu geben, wenn sie weder gebraucht noch erwünscht waren. „Du weißt also, dass es Komplizen gibt?"

Maya nickte, sagte aber nichts. Tatsächlich sah es

fast so aus, als wäre alles Blut aus ihrem Gesicht gewichen.

„Was willst du mir nicht sagen?"

Sie atmete tief ein. „Noch nicht. Es ist nur eine dumme Vermutung. Und es ist so weit außerhalb des Bereichs des Möglichen, dass ich dich nicht unnötig beunruhigen möchte."

Klar. Luke verschränkte die Arme. „Willst du andeuten, dass sie die Bäume verzaubert hat, und die jetzt meinen Smaragd verstecken? Dass sie vielleicht einen netten Vogel davon überzeugt hat, ihn wegzufliegen?"

Maya verdrehte die Augen. „Nichts so Lächerliches."

Die Tür öffnete sich und ein vertrauter blonder Kopf tauchte auf. Luke musste sich davon abhalten, seine Hand zu heben und seine Schläfe wegen der aufkommenden Kopfschmerzen zu massieren. Er sprach weiter zu Maya, ohne die Besucherin zu beachten. „Wenn du etwas hast, lass es mich wissen. Ich werde Mel in der Zwischenzeit noch einmal befragen."

Maya schien versucht zu sein, ihn vor der Einbrecherin zu warnen, aber sie überlegte es sich anders und ging ohne ein weiteres Wort.

Cassie nahm ihren Platz ein. Sie sprachen nicht, bis Maya die Tür geschlossen hatte.

„Es tut mir leid, dass ich meinen Flug nicht

genommen habe", sagte sie. Sie vermied es, ihn anzusehen. Ihre Finger zupften nervös an der Armlehne. „Aber ich habe die Entscheidung getroffen, nicht wieder zur Schule zu gehen."

Luke holte einen tiefen Atemzug, bevor er sprach, und dann noch einen. Er war nicht ihr Vater, nur ihr großer Bruder. Warum um alles in der Welt war er dann derjenige, der sich mit diesem Mist befassen musste? „Hast du mit Mom oder Scott darüber gesprochen?"

Sie schüttelte den Kopf.

„Cassie ..." Er wusste nicht, was er sagen sollte. Ihr Name kam einfach nur als ein hilfloser Seufzer aus ihm heraus. „Ich verstehe, das tue ich wirklich, aber ..."

„Nein!" Sie stand auf, trat hinter den Stuhl und ergriff die Lehne. Zumindest sah sie ihn jetzt an. „Du hast dich verwandelt, als du sechzehn warst! Du warst praktisch in zehn Minuten mit dem College fertig. Sie reden zuhause immer noch davon, was du in deinem zweiten Jahr dort getan hast. Und dann schauen mich alle an und sie denken nur — ach! Ich sehe, wie enttäuscht das ganze Rudel ist. Und wenn ich die Form wechseln könnte, könnte ich wenigstens nach Hause gehen, weißt du? Es wäre real. Ich wäre keine Versagerin."

„Du bist keine Versagerin." Er wurde nicht

wirklich laut, nur beinahe. „Komm her." Er öffnete die Arme.

„Du wirst es tun?" Sie wurde lebhaft.

Luke lachte. „Nein, du kleine Göre. Ich umarme dich." Er bedeutete ihr, zu ihm zu kommen. Und zum Glück kam sie. Er stand auf und schlang seine Arme um sie. „Du musst entweder nach Hause oder in die Schule gehen." Sie versteifte sich, als er sprach, aber er ließ sich davon nicht aufhalten. „Hier wird bald eine Menge Scheiße umherfliegen. Ich habe eine Gefangene und bald werden mir Vampire im Nacken sitzen. Es ist nicht sicher. Nicht für dich."

Sie zog sich zurück. Luke ließ sie los. „Ich bin nicht dumm, weißt du? Ich kann auf mich selbst aufpassen." Sie ging ohne Abschied aus dem Raum und schlug die Bürotür hinter sich zu.

Genial.

Der Rest des Tages verging ohne eine weitere Katastrophe. Aber nach einer unruhigen Nacht war er nicht näher dran, das Problem mit seiner Diebin zu lösen oder seiner Schwester zu helfen. Er hatte eine Million Dinge, die er erledigen musste, und nur einen Ort, an dem er sein wollte.

Mel lag auf dem Bett, als er ihr Zimmer betrat. Er wollte glauben, dass ihr Lächeln echt war. Sie unterdrückte es so schnell, dass es echt gewesen sein musste. „Ich bin eindeutig eine hochrangige Gefangene, wenn der Chef selbst mich immer wieder verhört." Sie setzte sich auf, während sie sprach, und lehnte sich dann zurück, so dass ihr Rücken an der Wand ruhte. Sie zog ihre Beine an und schlang lässig einen Arm um sie. „Kommt ruhig herüber, Eure Majestät. Hier ist Platz für zwei."

Sie hatte geduscht, seit er sie das letzte Mal gesehen hatte. Obwohl sie auch gestern gut genug ausgesehen hatte, um sie zu vernaschen. Und ihm wurde ganz heiß, als er sich an die köstlichen Träume erinnerte, die Teil seiner unruhigen Nacht gewesen waren.

Er durchquerte den Raum und setzte sich zu nahe zu ihr. Zuerst schien es nicht so, aber als ihr Geruch ihn umhüllte, musste er sich stark kontrollieren, damit sie nicht erkennen konnte, welche Wirkung sie auf ihn hatte. Es hätte nicht so hart sein sollen. In mehr als einer Hinsicht. „Titel sind nicht nötig", sagte er zur Begrüßung.

Er musste sie nach dem Edelstein fragen, nach ihren Komplizen. Er hatte einen legitimen Grund, mit ihr in diesem Raum zu sein. Aber es war nicht der Grund, warum er gekommen war.

„Wann hast du dich zum ersten Mal verwandelt?", fragte er.

Mels Augen weiteten sich. Er studierte ihren Gesichtsausdruck, wie sie leicht ihre Lippen zu einem Lächeln verzog, auf der einen Seite mehr als auf der anderen. Ihr Blick schien sie für einen

Moment irgendwohin weit weg zu führen, bevor sie in die Gegenwart zurückkehrte. „Du würdest es mir nicht glauben, wenn ich es dir erzähle."

Es war eine sehr persönliche Frage. Das war vergleichbar mit der Frage, wann eine Frau ihre Jungfräulichkeit verloren hat. Aber er musste das mit jemandem besprechen, und Mel war – umständehalber – eine aufmerksame Zuhörerin. „Ich habe einiges gehört."

Sie zuckte mit den Achseln. „Ich war zwölf."

„Das ist unmöglich." Bei dem Gedanken stieg Galle in Lukes Kehle auf. Die erste Verwandlung fühlte sich an, als würde man auseinandergerissen und dann mit Stacheldraht wieder zusammengenäht. Und für Wochen fühlte es sich an, als wäre Sand unter deiner Haut. Nichts fühlte sich richtig an. Für einen Erwachsenen war das schon schlimm genug, aber er hatte noch nie von jemandem gehört, der jünger als vierzehn war und die erste Verwandlung überlebte. Und niemand, der jünger als fünfzehn war, war jemals auf natürliche Art zum Gestaltwandler geworden. „Ich wusste nicht, dass du gebissen wurdest."

Mel schüttelte den Kopf. „Nein, 100 % echt. Meine Eltern waren Leoparden, meine Großeltern waren Leoparden. Und davor, wer weiß? „Sie lächelte, aber in ihren Augen glitzerte eine Träne. Sie legte den Kopf zurück, wahrscheinlich um zu verhindern, dass sie ihr über die Wange lief.

Er hatte ihre andere Gestalt noch nicht gesehen, aber er stellte sich ein wunderschönes geflecktes Tier vor, das zwischen den Bäumen seines Waldes herumschlich. Er würde gerne mit ihr zusammen rennen.

Aber das war nebensächlich und es würde niemals passieren. „Wie hast du es dann gemacht?"

Ihr Gesichtsausdruck verhärtete sich und dann grinste sie. Es war ein Schlag in die Magengrube. „Ich war sehr entschlossen." Er dachte, sie würde es dabei belassen. Sie drehte sich zu ihm um und betrachtete sein Profil. Luke musste ganz ruhig bleiben, damit er nicht in Versuchung kam, sich zu strecken oder etwas vergleichbar Peinliches zu tun. Nach einem Moment fuhr sie fort. „Sie starben, sie wurden getötet, als ich acht Jahre alt war."

„Deine Eltern?"

Sie nickte: „Meine ganze Familie, um genau zu sein. Ich war die einzige Überlebende." Er wollte sie fragen, was sie getötet hatte. Es gab nicht viele Monster, die eine Familie von Leoparden ausschalten konnten. Aber es gab Fragen, die man nicht stellen durfte. Sie sprach weiter. „Die Leute, die mich großgezogen haben, waren nicht die Besten. Und da war eine, die überzeugt war, sie könnte ..." Sie brach ab.

Luke wartete.

„Sie war überzeugt, dass ich kein Gestaltwandler werden würde, wenn ich nicht in Kontakt mit meinesgleichen käme. Sie dachte, da ich mich noch nicht verwandeln konnte, könnte es aufgehalten werden. Und sie hat alles versucht, um sicherzustellen, dass es nicht passiert." Mel sah von ihm weg und biss sich mit einem Lächeln auf die Lippe. „Ich war höchst motiviert, ihr das Gegenteil zu beweisen."

Luke atmete frustriert aus. Er ergriff ihre Hand und drückte sie. „Aber es ist nicht nur die Motivation, die dazu führt, dass wir uns verwandeln."

Sie verschränkte ihre Finger mit seinen, sah aber nicht auf ihre Hände. Sie sah ihn nicht einmal an. „Sprechen wir allgemein oder spezifisch?"

Er musste vorsichtig sein. Und er versuchte sich klarzumachen, dass er ein Dummkopf war. Es gab ein Dutzend Leute, die er um Rat fragen konnte, und keiner von ihnen war jemals in sein Haus eingebrochen und hatte einen kostbaren Gegenstand aus seinem Tresor gestohlen. Aber er wollte wissen, was diese Frau dachte, wie sie helfen konnte. Obwohl sie ihm noch nicht vollständig den Kopf verdreht hatte. „Es gibt ein Mädchen im Rudel, fast neunzehn, das verzweifelt auf die erste Verwandlung wartet."

Er musste nichts weiter sagen, damit Mel es verstand. „Alle ihre Freunde sind schon soweit? Sie fühlt sich wie eine Versagerin?"

Luke nickte. „Und ich weiß nicht, was ich ihr sagen soll." Er wollte mehr sagen, hatte aber Angst, dass er vielleicht schon zu viel gesagt hatte.

Mel atmete aus. Sie saß völlig ruhig da, während sie nachdachte. Aber er konnte ihre Hitze direkt neben sich spüren, geduckt und bereit, auf jede Bedrohung zu reagieren. Anscheinend glaubte sie nicht, dass er eine Bedrohung war. Das befriedigte ihn auf einer tiefen Ebene, dort, wo nicht einmal seine Sorge wegen allem, was vor sich ging, eindringen konnte.

„Ist sie ein Vollblut?", fragte sie.

„Zur Hälfte, durch ihre Mutter. Ihr Vater wurde erst später verwandelt." Er versuchte, es auf die Fakten zu reduzieren.

„Das ist ätzend." Sie drehte ihre Schulter ganz zu ihm und platzierte ihre Lippen nur Zentimeter von seinen entfernt. „Und es tut mir leid, aber ich weiß nicht, was ich dir sagen soll."

Das Bedauern in ihrem Gesicht machte etwas mit ihm. Es entfaltete eine lange unterdrückte Emotion in seinen Eingeweiden. Sie war zwar immer noch die verspielte Diebin, der ihn frech bestohlen hatte, aber sie zeigte ihm jetzt auch eine andere Seite von sich. Eine Seite, die angesichts ihrer Lebensgeschichte nicht zu erwarten gewesen war.

Und doch war es so.

„Du bist nicht die Einzige." Damit wäre er fast gegangen. Welche Antworten er auch immer suchte, sie hatte sie nicht. Aber in den wenigen Minuten, in denen er bei ihr gesessen hatte, hatte er sich so entspannt gefühlt wie schon viel zu lange nicht mehr. Das hätte in Gegenwart seiner Gefangenen nicht passieren dürfen. Aber das war ihm egal. „Wie viele Fluchtpläne hast du bisher ausgearbeitet?"

Mel beugte sich vor und ihr Atem streifte sein Ohr. „Hast du vor, mir die Flucht zu verbieten?"

Sein Schwanz zuckte. Er legte eine Hand auf ihren Nacken und zog ihr Gesicht nah an seines. Ihre Lippen berührten sich leicht. Es war kein Kuss, nur ein Zeichen der Nähe. Mit jedem Wort, das er sprach, bekam er einen kleinen Vorgeschmack, der dazu führte, dass er mehr wollte. „Wo bliebe da der Spaß?"

Er sollte sie nicht küssen. Er sollte sie nicht küssen wollen. Aber so nah beieinander zu sitzen, dass sie nicht anders konnten, als ihre Lippen zu berühren, ließ ihm keine Wahl. Es war unvermeidbar. Obwohl die Leidenschaft ihn trieb, zwang er sich, es langsam anzugehen. Er drückte seine Lippen gegen ihre, wartete einen Moment, ob sie reagieren würde. Ob sie ihn wegstoßen oder ihn heranlassen würde.

MEL HATTE den Kuss nicht erwartet. Sie hätte ihn erwarten sollen. Seine Hand war auf ihrem Nacken und ihre Lippen berührten sich bereits. Aber Luke war nicht der Typ Mann, der seine Macht über eine Gefangene zu seinem Vorteil ausnutzte.

Zu ihrem Glück hatte er beschlossen, seine eigenen Regeln zu brechen. Und sie wusste nicht mehr, wer hier den Vorteil ausnutzte.

Er wollte sich zurückziehen, als sie wie erstarrt dasaß. Sie folgte ihm, legte ein Bein über seinen Schoß und setzte sich auf ihn. Sie konnte seine wachsende Härte zwischen ihnen spüren. Genau dort, wo sie ihn haben wollte. Sie nahm seine Wangen zwischen ihre Hände und stahl einen Kuss von ihm, steigerte die Intensität und übernahm die Kontrolle. Sie öffnete den Mund, schmeckte und verschlang ihn.

Luke war kein Mann, der sich passiv verschlingen ließ. Er biss auf ihre Unterlippe, fest genug, um sie festzuhalten, aber nicht stark genug, um ihr wehzutun. Seine Hände strichen über ihren Rücken. Mel wollte stöhnen, aber sie war zu sehr damit beschäftigt, ihn aufzunehmen und seinen unwiderstehlichen männlichen Geschmack zu genießen.

Sie hatte keine Ahnung, was über sie beide

gekommen war. Sie war seine Gefangene, die Frau, die seinen wertvollsten, unbezahlbaren Besitz gestohlen hatte. Und doch konnte sie sich nicht vorstellen, ihn *nicht* zu küssen. Ihn nicht zu küssen, wäre verrückt gewesen. Es war nicht einmal eine Entscheidung, es war reiner Instinkt.

Und dieser Instinkt verbrannte sie bis ins Mark. Sie konnte fühlen, wie sie für ihn feucht wurde, wie ihre Hüften sich gegen seine bewegten und sie konnte seine Erektion durch den weichen Baumwollstoff ihrer Hose spüren. Sie wollte ihn reiten, bis sie kam, und vor Ekstase schreien, die Lust genießen, die sie beide verdienten.

Aber Küssen war genauso befriedigend. Sie packte seine Haare mit einer Hand, ihre Lippen wanderten über seine Wange und nach unten, um an seinem Kinn zu knabbern. Ihr Atem ging keuchend, ein weiterer Beweis für ihre Erregung. Und als eine seiner Hände an der Taille in ihre Hose eintauchte, zischte sie vor etwas zwischen Schmerz und Befriedigung.

Dieses Geräusch ließ Luke innehalten. Er zog sich für eine Sekunde zurück und studierte ihren Gesichtsausdruck. Mel wollte nicht aufhören. Nicht bevor sie jeden Zentimeter von ihm geschmeckt hatte. Zweimal. Und selbst das klang nur wie ein köstlicher Auftakt zu etwas, das nie enden sollte.

Und dieser Gedanke erschütterte sie bis tief in ihr Innerstes.

Diesmal zog sie sich zurück, glitt von ihm weg, stand auf und trat zwei große Schritte zurück. Was auch immer das war, es gab keinen Raum für Gedanken an etwas Ernstes. Ein Moment der Lust war einfach, das Ende war einfach. Sie kannte nichts anderes.

Luke nahm sich einen Moment Zeit, um sich wieder unter Kontrolle zu bekommen. Er rieb seinen Daumen an seiner Lippe und Mel musste ihre Faust ballen, um nicht noch einmal zu ihm zu gehen und dort weiterzumachen, wo sie aufgehört hatte. Aber das war ein Job, kein Date. Und dass sie das auch nur für eine Sekunde vergessen konnte, zeigte genau, wie viel Ärger sie bekommen konnte, wenn sie nicht aufpasste.

Es gab einen dunklen Teil in ihr, der den Gesichtsausdruck ihres möglichen Geliebten kühl studierte, seine Erregung aufnahm und genau berechnete, wie sie das ausnutzen konnte. Doch das kühle Silber der Kette um ihren Hals erinnerte sie an das Risiko, das sie eingehen musste, um hier rauszukommen, eine Gefahr, die vielleicht tödlich sein könnte. Es sei denn, sie nutzte diese neue Entwicklung zu ihrem Vorteil.

Aber Luke sprach, bevor sie die Grundlagen

schaffen konnte. „Ich werde mich nicht entschuldigen."

Natürlich nicht, Alphas tun so etwas nicht. „Ein bisschen Spaß hat noch nie jemandem geschadet." Sie musste es unkompliziert halten. Vorerst. Wenn sie in irgendeine Richtung übertrieb, könnte ihr das später schaden.

Luke musterte sie, seine braunen Augen verengten sich für einen Moment, bevor sein Gesichtsausdruck zu Stein wurde. „Ich habe eine Bedingung als Gegenleistung für meine weitere Gastfreundschaft."

Mel blieb sehr ruhig und achtete darauf, ihren Gesichtsausdruck nicht im Geringsten zu verändern. Würde er verlangen, dass sie für ihn die Hure spielte? Sie glaubte nicht, dass er der Typ dafür war. Sie hatte sich darauf verlassen. Ihr Magen drehte sich vor Ekel bei dem Gedanken, weil sie wusste, dass sie es tun und ihn umso mehr hassen würde. „Das ist dein Recht."

„Wenn du versuchst zu fliehen", hob er eine Hand, um sie vom Protest abzuhalten, „oder in jedem anderen Fall, darfst du meine Leute nur angreifen, wenn du dich gegen sie verteidigen musst. Wenn du jemanden aus irgendeinem anderen Grund verletzt oder tötest, werde ich dir meine Gnade entziehen und dich in Stücke reißen lassen."

Eine Todesdrohung hätte sie nicht erleichtern

sollen. Aber damit konnte Mel klarkommen und ihr Respekt für den Alpha wuchs noch mehr. „Ich habe bisher keinen deiner Leute verletzt. Warum sollte sich das ändern?“

„Es gibt einige Dinge, bei denen ich kein Risiko eingehe.“ Er ließ sie allein im Raum, damit sie darüber nachdenken konnte, was genau diese Dinge waren.

KAPITEL ACHT

DIE NÄCHSTE ÜBERRASCHUNG kam nach dem Abendessen. Sie hatte sich mit der Planung von Fluchtwegen und dem Nachdenken über einen quälend sexy Alpha beschäftigt, und war nicht auf die neueste Wendung vorbereitet.

Eine blonde junge Frau schlich sich herein. Sie hätte es nie als Diebin geschafft, aber für einen Neuling war ihre Listigkeit brauchbar. Und Mel erkannte sie sofort als die Frau aus der Nacht des Raubes. Lukes Fragen über das Mädchen, das noch nicht seine Form wechseln konnte, ergaben langsam Sinn. Also, in welcher Beziehung stand sie zu ihm? Ihm zufolge war sie nicht seine Freundin. Obwohl ihre blasse Haut und ihr blondes Haar Mel für einen Moment in die Irre führten, schaute sie genauer hin und sah die Linie ihres Kiefers, ihre Nase und die

Form ihrer Augenbrauen. Das Gesicht dieses Mädchens hatte eine bemerkenswerte weibliche Ähnlichkeit mit dem des Mannes, der begonnen hatte, sie in ihren Träumen zu verfolgen.

Eine Schwester?

„Es ist ein bisschen spät für Besucher." Mel setzte sich im Bett auf und bedeutete dem Mädchen, sich an den Tisch zu setzen.

Die Augen des Mädchens weiteten sich und sie warf einen Blick zurück zur Tür. „Du bist die Person, um die Luke so ein Geheimnis macht, oder?" Sie zischte es. Sie setzte sich nicht.

„Dein Bruder hat viele Geheimnisse, da bin ich mir sicher." Ein Versuch, um zu sehen, wie sie auf ‚Bruder' reagieren würde. Das Mädchen machte keine Anstalten, es zu leugnen. „Ich bin übrigens Mel."

„Cassie." Sie flüsterte immer noch.

Mel hatte fast ein bisschen Mitleid mit diesem Kind. Nein. Sie hatte sogar richtig Mitleid mit ihr. Jede junge Frau, die mitten in der Nacht in die Zelle eines Gefangenen kam, musste verzweifelt sein. Und sie hatte keine Verteidigung gegen all das, was Mel ihr antun könnte.

„Wie bist du an den Wachen vorbei gekommen?" Wenn das Mädchen sie das Verhör leiten lassen würde, dann würde sie das tun. Langsam bildete sich ein Plan. Und sie würde wahrscheinlich noch nicht einmal gegen Lukes Vorgaben verstoßen müssen. Nicht, dass sie ihm tatsächlich etwas versprochen hätte. Aber was er nicht erkannte, konnte sie später zu ihrem Vorteil nutzen.

Cassie winkte ab, ihre Lippen verzogen sich, sie sah unbekümmert aus. „Mick hat Nachtdienst, also hat er keine Fragen gestellt, als ich ihm ein paar Kekse angeboten habe, um sich die Zeit zu vertreiben.“

Nur eine Wache? Mel war beleidigt. Und froh. „Du hast meine Wache unter Drogen gesetzt?“

Cassies Wangen wurden heiß. Schließlich setzte sie sich. Mel nutzte die Gelegenheit, stand auf, ging zum Tisch und lehnte sich mit vorgeschobener Hüfte dagegen. Cassie sah zu Mel auf, die Augenbrauen heruntergezogen. „Du wirst es nicht verraten, oder?“

Verzweiflung ließ das Kind noch jünger erscheinen. Weil Mel sich nicht vorstellen konnte, dass ihr achtzehnjähriges Ich sich so verhalten hätte. Sie hätte niemals Angst gezeigt. Aber sie legte eine Hand auf die Schulter des Mädchens und zeigte ihr freundlichstes beruhigendes Lächeln. Als Cassie nicht zusammenzuckte, wusste sie, dass sie gewonnen hatte. „Natürlich nicht. Warum sagst du mir nicht, was dich hierher geführt hat?“ Das Mädchen sah aus, als wäre sie bereit, die Sache abzubrechen, also redete Mel weiter. „Was auch immer du der Wache gegeben hast, es wird nicht lange anhalten. Also mach den Mund auf oder geh.“

Cassies Schultern wurden gerade und sie setzte sich aufrecht und presste die Hände zusammen. „Ich möchte einen Handel vorschlagen.“ Sie war nicht unsicher.

Mel hatte eine Vorstellung davon, wohin das führen würde. „Ja?“

„Ich werde dich befreien, wenn du mich beißt.“ Sie konnte Mel nicht in die Augen sehen.

Das war egal. Mel hob das Kinn des Mädchens mit ihrer eigenen Hand an und wartete, bis Cassie ihr in die Augen sah. Es dauerte einige Momente. „Beißen reicht nicht aus. Es ist nicht *einfach* nur Beißen.“

Cassie schlug Mels Hand nach unten. „Ich meine das im übertragenen Sinn. Ich hätte nicht gedacht, dass jemand wie du Einwände erheben würde.“

„Wer genau glaubst du, bin ich?“ Mel ließ ihre Worte nicht verletzend klingen. Das Mädchen war so weit außerhalb seiner Liga, dass es das Meer für einen Swimmingpool hielt. „Weißt du überhaupt, warum ich hier unten bin?“ Was für eine Art von Risiko stellte Lukes kleine Schwester genau dar?

Sie schüttelte leicht den Kopf. „Du wärst im Käfig, wenn du so schlimm wärst. Oder er hätte dich getötet.“ Wenn Mel nicht gewusst hätte, dass Cassie eine geborene Gestaltwandlerin war, wäre das der

Beweis gewesen. Nur wenige sprachen so leichtfertig davon, dass ihre Brüder mordeten. „Du hast nur ein paar Minuten Zeit, dich zu entscheiden. Die Ablenkung wird nicht lange anhalten."

„Welche Ablenkung?"

Cassie verschränkte die Arme. „Sie sagen mir nicht genau, was vorgeht", antwortete sie mürrisch. „Ich habe etwas über Vampire an der östlichen Grenze gehört. Das bedeutet, dass sie im Moment nicht auf Leute achten, die das Grundstück verlassen. Sie versuchen, Leute davon abzuhalten, das Grundstück zu betreten."

Kluges, opportunistisches Kind. Mel hätte sie zu etwas formen können, wenn sie die Zeit gehabt hätte. „Du hast ein Auto?"

Cassie kramte in ihrer Tasche und hielt einen Schlüsselbund hoch. „Und vollgetankt."

Mel gab vor, darüber nachzudenken. „Erklär mir den Plan. Du scheinst vorbereitet zu sein, aber ich bin ein Profi."

Cassies Plan war unkompliziert. Einfach, aber möglich. Das Haus war durch die Störung an der Grundstücksgrenze fast leer und die Verstärkung war noch nicht da. Mel lächelte und zog die Schlüssel aus Cassies Hand. Sie drückte die Handfläche des Mädchens auf den Tisch und hielt sie dort fest. Sie manövrierte sich hinter das Mädchen und schlang ihren freien Arm um ihren

Hals, nicht fest genug, um sie ohnmächtig werden zu lassen.

„Ein Tipp." Cassies Puls pumpte gegen Mels Arm, und Angst floss durch die Adern des Mädchens. „Verrate einem Kriminellen niemals den ganzen Plan. Wir werden dich immer betrügen." Sie zog das Mädchen hoch und hielt sie mit einer Hand am Hals gegen die Wand. „Du weißt, dass du nicht schreien solltest, oder?"

Cassie nickte mit wilden Augen.

Mel konzentrierte sich und ließ ihre freie Hand sich verwandeln. Krallen bildeten sich am Rand ihrer jetzt mit gepunktetem Fell bedeckten Finger. Sie zerriss die Bettlaken und verschaffte sich so Material zum Fesseln und zwang das Mädchen ins Badezimmer. Ohne ein Wort band sie Cassie an einem Stück Rohr hinter der Toilette fest.

Wenn Cassie bereits ihre gestaltwandlerischen Fähigkeiten hätte, hätte der Stoff sie nicht lange festgehalten. Aber sie hatte nur menschliche Stärke. Das gab Mel mehr als genug Zeit für die Flucht. Aber etwas bewog Mel, noch etwas zu sagen, bevor sie ging. Sie kniete sich außerhalb der Reichweite von Cassies Füßen auf den Boden. „Sei kein Idiot wegen deiner Verwandlung. Du bist noch ein Teenager. Es könnte von alleine passieren, aber du hast es gerade einfach so unglaublich versaut, dass niemand bereit sein wird, dich zu verwandeln, auch wenn es nicht von alleine passiert."

Das Mädchen zuckte zusammen und Mel konnte sehen, wie sich Tränen in ihren Augen sammelten.

Gut. Sie musste das hören.

„Also hier ist mein Rat. Überzeuge dich selbst, dass es passieren wird, und versuche jeden Tag, dich zu verwandeln. Das ist alles was du tun kannst."

Mel stand auf und ging und klemmte vorher noch einen Stuhl unter den Türgriff. Sie holte tief Luft und hielt den kleinen roten Anhänger an ihrer Halskette zwischen Daumen und Zeigefinger. Es brauchte nicht viel Druck, um den Zauberstein zu brechen, aber Krista hatte dafür gesorgt, dass nur Mel ihn zerbrechen konnte. Wenn jemand anderes es versucht hätte, wäre er unzerstörbar erschienen.

Durch das Brechen des Steins löste Mel einen sekundären Tarnzauber aus, der sich ähnlich verhielt wie der, mit dem sie ursprünglich in Lukes Haus eingebrochen war. Er machte auch Krista und Bob darauf aufmerksam, dass sie auf dem Weg war. Sie hatten einen Treffpunkt, der nahe genug war, dass sie es schaffen sollte, bevor der Zauber seine Wirkung verlor oder sie erwischt wurde. Allerdings nur, wenn sie überhaupt aus dem Haus herauskam.

Cassies Einschätzung der Situation war genau richtig. Mels Wache schlief auf einer der Treppen, und Sabber tropfte seitlich an seinem Kinn herunter.

Sie ging langsam durch die Gänge, zwei Treppen hoch, bis sie die Küche erreichte. Sie blieb im Flur stehen, bevor sie den hell erleuchteten Raum betrat.

Wie groß war die Bedrohung da draußen? Im Haus eines Alphas, insbesondere in einem, in dem ein Gefangener untergebracht war, waren immer einige Leute. Das war eine Notwendigkeit. Und sie konnte sich nicht vorstellen, dass er seine Schwester ohne Schutz lassen würde. Mel blieb stehen und drückte ihren Rücken gegen die Wand. Sie wartete einen Moment, bis sie außer ihrem Herzschlag auch die leisen Geräusche über sich hören konnte. Unter einem Tarnzauber still zu stehen bedeutet, dass man so gut wie unsichtbar ist, aber sie wusste, dass sie sie immer noch riechen konnten.

In der Ferne hörte sie Schritte, irgendwo über ihr in einem der oberen Stockwerke. Sie waren kaum hörbar und bewegten sich weg von ihr. Im Moment kein Grund zur Sorge. Das machte also drei Leute im Haus: die bewusstlose Wache, Cassie und wer auch immer oben war. Wenn die Bedrohung groß genug war, lag es nicht außerhalb des Bereichs des Denkbaren, das Haus mit so wenig Schutz zurückzulassen.

Sicher, dass die Küche verlassen war, trat Mel ein. Aber sie ließ sich von ihrer Gewissheit nicht zur Nachlässigkeit verführen. Ein gründlicher Blick bestätigte ihren Instinkt.

Das Licht auf dem Sicherheitspaneel blinkte rot. Die Alarmanlage war eingeschaltet. Wenn nicht die Gefahr bestanden hätte, gehört zu werden, hätte sie geflucht. Die Anlage war im Verteidigungsmodus. Die Innenüberwachung war nicht eingeschaltet, aber alle Türsensoren waren aktiv. Wenn sie vor dem Verlassen des Hauses nicht den richtigen Code eingab, würde es beim Öffnen des Zugangs vom Haus zur Garage Alarm geben und das Garagentor würde verriegelt. Dann käme man nicht mehr hinaus, ohne es mit Gewalt zu durchbrechen.

Und das würde die Löwen ganz sicher auf Trab bringen.

Sie studierte die Tastatur. Fünf Tasten waren abgenutzter als die anderen, aber sie würde ihren metaphorischen Hut essen, wenn der Code nicht mindestens sechsstellig wäre. Sie hatte keine Werkzeuge, um den Code zu knacken oder den Alarm auszuschalten. Sie hatte die Möglichkeit, entweder nach Werkzeugen zu suchen, um eine Neuverdrahtung des Alarms zu improvisieren, oder den Code zu erraten.

Jeder Moment, in dem sie dort stand, war ein vergeudeter Moment. Die Schritte oben waren jetzt direkt über ihrem Kopf, aber Mel bewahrte die Ruhe. Cassie machte keinen Pieps und sie konnte die andere Wache auch nicht hören. Sie beschloss, das Passwort zu erraten. Das ging schneller als jede

Alternative. Und sie hoffte, dass sie in den letzten Tagen genug über ihren Alpha gelernt hatte, um es zu versuchen.

Ihre erste Vermutung war sein Geburtsmonat und sein vierstelliges Geburtsjahr. Sechs Ziffern, eine wiederholt. Da die Null am meisten abgenutzt war, konnte das passen. Aber das Panel piepte. Sie würde zwischen drei und fünf Versuche haben, bevor der Alarm ausgelöst wurde. Also, wenn es nicht sein Geburtstag war, was könnte es sein?

Sie zerbrach sich den Kopf und versuchte zu entscheiden, was sie als nächstes versuchen sollte. Er konnte nicht der Einzige sein, der den Code kannte, also war er entweder irgendwo aufgeschrieben oder leicht zu merken. Sie schaute auf den Kühlschrank, aber leider war nichts dergleichen auf der Edelstahloberfläche zu sehen. Welche anderen Informationen hatten ihre Nachforschungen zutage gebracht? Was war für ein Rudel Gestaltwandler wichtig?

Natürlich.

Sie gab 123006 ein und lächelte, als das Licht grün wurde.

Natürlich war es ihnen wichtig, wann ihr Alpha an die Macht gekommen war. Am Ende war es doch ziemlich einfach.

Sie öffnete die Tür zur Garage und sah sich die Autos an. Zum Glück gab es dort nur vier Stellplätze und es waren nur zwei Autos da. Sie nahm an, dass die anderen die Straßen bewachten, die vom Haus wegführten. Es gab nur die lange Auffahrt und dann die einsame Landstraße, die in die Stadt führte. Wenn sie je einen Kontrollpunkt in beiden Richtungen eingerichtet hatten, würden sie sie erwischen.

Das Problem war einfach zu lösen.

Cassies Schlüssel öffneten einen schmutzigen Pickup. Mel musste schnell aus dem Haus kommen, aber sie nahm sich einen Moment Zeit, um eine Karte der Umgebung vor ihrem geistigen Auge entstehen zu lassen. Cassie sagte, dass das Problem im Osten war, also würde sie nach Westen gehen. Sie konnte später in einem weiten Bogen nach Osten zum Treffpunkt zurückkehren, aber erst, wenn sie sich weit außerhalb der Gefahrenzone befand.

Es gab zwei kleinere Straßen, die etwa in beide Richtungen eine Meile entfernt mit der Landstraße verbunden waren, und es gab keine anderen Grundstücke zwischen diesen beiden Straßen. Wenn sie also Wachen postiert hatten, würde ihr das einen kleinen Puffer geben, mindestens eine Viertelmeile, vielleicht eine halbe Meile. Die Nacht war dunkel genug, dass sie ihre Scheinwerfer aus der Ferne sehen würden. Wenn sie auf der Straße fuhr, wäre sie wie ein Leuchtfeuer für jeden Gestaltwandler, der in ihre Richtung blickte.

Aber ohne das Mädchen im Schlepptau brauchte

sie natürlich kein Fahrzeug. Mel zog sich aus und warf ihre Kleidung in den großen Mülleimer. Der Zauber war speziell angepasst, um einem Wechsel in ihre andere Form standzuhalten und auch in Leopardenform um ihren Hals zu bleiben. Sie drückte den Knopf, um die Garage zu öffnen, und duckte sich, um ihre Form zu ändern. Es dauerte fast eine Minute, um die Verwandlung abzuschließen. Sie hatte gehört, dass einige Leute dies in Sekundenschnelle bewerkstelligen konnten, aber sie war mit ihren Fähigkeiten bei weitem nicht auf diesem Niveau.

Sie rannte los in den Wald. Niemand war im Haus, um die Warnung zu senden, dass sie geflohen war. Und während sie die Ohren nach Verfolgern offen hielt, überquerte sie nach wenigen Minuten die Grenze von Lukes Besitz. Aber sie atmete noch nicht auf.

Sie war offen für die Nacht um sie herum. In ihrer Katzenform waren alle ihre Sinne schärfer. Sie konnte kleine Äste rascheln hören, wenn nachtaktive Tiere sich bewegten. Der Duft von Grün, von Leben umgab sie und sang durch ihre Nase und in ihren Adern. Wenn sie die Freiheit dazu hätte, würde sie sich durch diesen Wald bewegen, ihn als ihren eigenen markieren und mit allen Nachtkreaturen tanzen.

Aber sie konnte sich nicht von dieser Tiermagie

verzaubern lassen. Die Magie versuchte immer, in den schwindelerregenden Momenten nach der Verwandlung die Kontrolle zu übernehmen, versuchte sie mit dem Sirenengesang der Wildnis von der Menschheit wegzulocken. Mel war zu sehr angetan von den schönen Dingen des Lebens, um verführt zu werden, aber das bedeutete nicht, dass sie nicht jedes Mal gegen die Versuchung ankämpfen musste.

Sie bewegte sich nach Westen, legte schnell Meilen zurück und wurde erst langsamer, als ihr Herz in ihrer Brust zu platzen drohte. Selbst in dieser beim Laufen überlegenen Form spürte sie den Preis der Tage, die sie in dem Käfig gesteckt hatte. Sie hörte einen Sattelschlepper vorbeirumpeln und wusste, dass sie in der Nähe der Straße war. Mel war jetzt weit genug westlich, dass sie nicht länger Gefahr lief, Lukes Wachen zu begegnen, aber ein Leopard, der entlang der Straße rennt, wäre ein seltsamer Anblick in Colorado, und so hielt sie sich zwischen den Bäumen, die ihr Deckung gaben.

Sie überquerte die Straße, um erst einen Bogen nach Norden zu machen und nach Osten zurückzukehren. Sie machte noch einem Umweg von einem Dutzend Meilen, um sicherzustellen, dass sie völlig außer Reichweite der Probleme blieb, mit denen Luke zu tun hatte.

Der erste Sonnenstrahl kam gerade über den

Horizont, als sie am vereinbarten Treffpunkt, einem kleinen Park in der Stadt, auf Krista und Bob stieß. Es war riskant, aber sie mussten einen Ort nehmen, der nah genug war, um sicherzustellen, dass Mel tatsächlich zu ihnen gelangen konnte, bevor irgendein Verfolger sie einholen konnte.

Sie schlich sich in den Park, in dem Bob friedlich auf einem hölzernen Picknicktisch lag. Seine Hände waren locker über seinem Bauch gefaltet und sein Kopf hing von der Kante nach hinten hinab. Krista hatte in ihrem Auto gesessen, aber als sie Mel sah, stieg sie aus und warf eine Jogginghose und ein Tanktop auf den Boden. Bob sah sie nicht an und Krista wandte ihren Blick ab, bevor sie sich verwandelte.

Die Verwandlung tat nicht weh, aber sie erforderte Konzentration, und es war verdammt noch mal kein schöner Anblick, wenn es nicht sehr schnell ging. Aber Mel kam gut durch die Verwandlung und zog sich an. Als sie ihr Team sah fühlte sie sich, als wäre eine schwere Last von ihren Schultern genommen worden, und sie konnte nicht aufhören zu lächeln.

„Danke, dass ihr gekommen seid", sagte sie.

Kristas Blick wurde hart und Mel war auf einmal klar, dass sie genau das Falsche gesagt hatte. „Natürlich machen wir den verdammten Job." Die kleinere Frau sah zu Bob hinüber und rief: „Wir sind soweit." Dann setzte sie sich auf den Fahrersitz.

Bob setzte sich auf, ohne seine Hände zu Hilfe zu nehmen und bewegte sich im Handumdrehen durch den Park. Mel wünschte, sie könnte ihn fragen, was zum Teufel er war, aber sein Grinsen sagte ihr, dass er das nicht beantworten würde. Und jeder würde die Frage als Beleidigung empfinden. Sie rutschte auf den Rücksitz, und Krista fuhr mit Vollgas los.

Sie hätte eine Woche schlafen können und musste sich anstrengen, die Augen offen zu halten, aber es gab noch viel zu tun. „Wann ist das Treffen?"

Krista atmete hörbar aus und antwortete nicht, also sprach Bob für sie. „Heute Abend."

KAPITEL NEUN

SIE BRACHTEN sie zurück in die Hütte außerhalb der Stadt. Tina hatte vor, sie später am Abend in der Hütte zu treffen. Mel wollte duschen, bevor sie sich wieder mit Tina abgeben musste. Als sie in ihr Badezimmer ging, sah sie, dass das mit dem Baden ein Problem sein könnte.

„Krista!" Es lag eine vertraute Frustration in ihren Worten, eine, an die sich Krista im Laufe der Jahre gewöhnt hatte. Mel starrte auf den Kreis aus Sand und Kerzen in der weißen Porzellanwanne, in der sie sich hatte entspannen wollen. Die Kerzen waren eine Mischung aus Schwarz und Weiß, der Sand hatte die gleichen Farben. Darin sah Mel eine mit einem elastischen Haarband zusammengehaltene Locke und vermutete, es handelte sich um ihr Haar.

Krista nahm sich Zeit, aber nach einem Moment erschien sie in der Tür. „Was?"

Mels Kiefer fiel fast herunter. Sie hob ihre Hand in einer ruckartigen Bewegung und zeigte auf den Zauber, der in ihrer Wanne vor sich hin braute. „Warum ist das hier?"

Krista warf einen Blick auf das Projekt und lächelte. „Du wolltest den Teleportierungszauber. Und wenn du noch einen Tag länger gewartet hättest, hätten wir dich herausgeholt." Sie deutete auf die Mitte des Kreises. Mel bemerkte, dass das Haarbündel auf einem kleinen Aschehaufen lag. „Sobald es sich vollständig aufgelöst hat, ist es so sicher wie Teleportierung nur sein kann. Sogar halb aufgelöst, wird es in ein paar Stunden brauchbar sein." Sie machte eine Pause und fuhr dann fort: „Mit etwas Glück."

„Aber warum ist es in *meinem* Badezimmer?" Mel ließ nicht locker.

Krista schnaubte: „Als würde ich meinen eigenen Platz verschwenden, während du in einem Löwenkerker eingesperrt bist? Ich bitte dich. Wie auch immer, ich werde wahrscheinlich eine Woche schlafen, wenn das fertig ist. Ich weiß nicht, ob ich jemals in meinem Leben so viel Magie gewirkt habe."

Sie ging weg, aber das hinderte Mel nicht daran, ihr nachzurufen. „Ich bin froh, dass du so besorgt um meine Sicherheit warst!" Krista zeigte ihre Besorgnis mit einem Finger. Mel hätte gelacht, wenn sie geglaubt hätte, es sei ein Scherz. Aber die Zeit für Scherze war lange vorbei.

Mel gab die Hoffnung auf eine Dusche auf und entschied, dass eine schnelle Mahlzeit vor dem Schlafengehen fast genauso gut wäre. In der Küche gab es einen großen Vorrat an Tiefkühlkost, und sie griff ohne hinzusehen nach irgendeiner Packung. Geschmack war im Moment nicht wichtig. Bob kam in die Küche, als sie den Timer der Mikrowelle einstellte. Er setzte sich auf einen der Stühle und beobachtete sie, ohne etwas zu sagen. Mel war auch nicht nach Konversation. Sie ließ ihr Essen kochen und sah zu, wie der Timer herunterzählte. Sie konnte praktisch neunzig Sekunden lang Bobs Augen auf sich spüren.

Erst als sie das Tablett aus der Mikrowelle geholt und begonnen hatte, zur Abkühlung des Essens auf den dampfenden Inhalt zu blasen, begann er zu sprechen. „Bist du plötzlich lebensmüde?"

Mel ließ das Abendessen fallen und sah ihren alten Komplizen an. Seine dunkle Haut schien das ganze Licht in der Küche zu absorbieren und hatte ein fast ätherisches Glimmern. Sie konnte tief in seinen Augen etwas Dunkles sehen, etwas sehr Altes, das er normalerweise verborgen hielt. „Wieso denkst du das?"

„Nichts, was du in den letzten Wochen getan hast,

lässt einen anderen Schluss zu." Er verschränkte seine Finger und legte die Hände auf den Tisch.

Sie nahm ihre Gabel und stach auf das Huhn und die Nudeln ein. „Ich will nicht sterben. Ich bin nur ... entschlossen."

„Und, wie hat das für dich funktioniert?" Wenn er solche Dinge sagte, wusste Mel, dass Bob viel älter sein musste, als er zugab. Fast jeder, den sie traf, war älter als er sagte – jeder mit einem Hauch von Magie in sich lebte wesentlich länger als die achtzig bis hundert Jahre, auf die normale Menschen hoffen konnten. Aber die meisten magischen Wesen machten sich nicht die Mühe, ihr Alter zu verbergen. Wenn sie Bob fragte, wie alt er sei, wusste sie, dass er lächeln und sagen würde: ‚dreißig‘. Genau wie er es getan hatte, als sie sich vor acht Jahren zu ersten Mal begegneten.

Aber Bobs Frage hinterließ ein Stechen. „Redest du über Cincinnati? Weil ..."

Er hob eine Hand, bevor sie ihre Entschuldigung anbringen konnte. „Krista wird eines Tages darüber hinwegkommen. Du hast getan, was du tun musstest."

„Und was ist mit dir?"

Bob öffnete die Hände und stand auf. „Du bist einer der verdammt besten Diebe da draußen. Es ist eine Ehre, mit dir zu arbeiten, und ich weiß, dass du das tun wirst, was du tun musst, um den Job zu erledigen. Wenn die Bezahlung stimmt, können wir weiterhin Kollegen sein." Sie dachte, er wäre fertig, aber er fuhr nach einem Moment fort. „Aber wenn ich mich nicht auf meine Freunde verlassen kann, weiß ich nicht, was das alles soll." Er ging ohne ein weiteres Wort.

Mel aß ihr traurig aussehendes Abendessen alleine. Sie hatte keine Zeit, sich mit all dem Mist zwischen ihren Teammitgliedern auseinanderzusetzen. Sie würden den Job erledigen, und das war's. Dann würden sie getrennte Wege gehen. Sie und Krista waren keine Kinder mehr, sie mussten sich nicht mehr an den Händen halten und sich versichern, dass niemand ihnen etwas tun konnte. Viele Leute konnten ihnen etwas tun. So war es nun einmal und nicht anders.

Mel warf ihr Tablett mit dem Essen weg und legte sich hin. Sie hatte sich ein Nickerchen verdient.

BEVOR TINA ANKOMMEN SOLLTE, legte Krista Mel eine tiefblaue Glaskugel in die Hand. „Es ist wie der letzte Zauber", sagte sie. „Nur du kannst sie zerbrechen. Denk ganz fest einen Ort, und dann solltest du dort landen. Es ist frisch genug, um einen Monat lang zu funktionieren. Aber es könnte dich töten."

Sie ging weg, bevor Mel sich bei ihr bedanken konnte.

Kurz nach Sonnenuntergang deaktivierte Krista den Schutzzauber und Tina fuhr in einer mindestens zwanzig Jahre alten beigen Limousine die mit Schotter bedeckte Auffahrt hinauf. Mel hatte den Edelstein nicht mehr gesehen, seit sie ihn begraben hatte, und sie konnte es kaum erwarten, das Ding loszuwerden und ihre Bezahlung entgegenzunehmen. Dieser Job war viel zu merkwürdig gewesen. Je schneller sie Eagle Creek verlassen konnte, desto besser.

Und sie würde nicht ein Mal an diesen Alpha denken.

Tina stieg aus dem Auto. Sie sah immer noch aus, als wäre sie Mitte vierzig und sie trug dunkle Farben. Mel hatte erwartet, dass sie irgendetwas Glamouröseres tragen würde. Es war schwer zu erkennen, wo die Frau endete und die Dunkelheit der Nacht begann. Sehr clever. Mel würde herausfinden, ob sie einen solchen Zauber von einem ihrer Kontakte kaufen konnte.

Die ältere Hexe hielt eine kleine Holzkiste in den Händen. Sie lächelte Krista an und nickte Mel zu. Sie weigerte sich, Bob zur Kenntnis zu nehmen. „Mellie! Kris. Ich wusste, dass ihr Mädchen das schafft." Mel hätte an ihrem zuckersüßen Ton ersticken können.

„Ist das meine Bezahlung?", fragte Mel. Sie wollte

nicht bitter sein, aber sie wollte auch nicht nett sein. Das hier war rein geschäftlich.

Ohne Vorwarnung warf Tina ihr die kleine Holzkiste zu. Mel fing sie und klappte den Metallverschluss auf. Darin befand sich ein kleiner Schlüssel. „Und wo ist das Schließfach? Und warum hast du ihn nicht einfach mitgebracht?", fragte sie.

Tina grinste und hielt eine Karte mit einer Notiz hoch. „Hier steht es, meine Liebe. Sicherheit geht vor. Darf ich jetzt den Gegenstand sehen?"

Mel konnte Krista seufzen hören und sie sah gerade noch rechtzeitig hinüber, um zu sehen, wie sie ihre Augen so extrem verdrehte, dass es weh tun musste. Aber ein Truck hielt hinter Tinas Auto, bevor Krista den Stein hervorholen konnte. Und danach zu urteilen, wie sich Tinas Schultern versteiften, war es nicht geplant, dass jemand ihr folgte.

„Wer sind deine Freunde?", fragte Bob.

Tina schaute hinter sich und als sie sie wieder ansah, war alle Farbe aus ihrem Gesicht gewichen. „Schätzchen?", fragte sie ihre Tochter: „Könntest du den Schutzzauber wieder aktivieren, bevor wir unangenehme Gesellschaft bekommen?"

Mel schaute sich den Truck genauer an. Er war dunkelgrau und im unteren Bereich voller Schlammspritzer. Die Dämmerung hatte eingesetzt, aber es sah so aus, als ob sich auf der Ladefläche eine Art Abdeckung befand. Der Truck kam ihr bekannt vor, aber sie unterdrückte den Gedanken. Sie hatte in ihrem Leben viele Hundert graue Trucks gesehen. Warum sollte dieser besonders sein?

„Ich bin erschöpft", sagte Krista. „Ich kann nur dafür sorgen, dass sie uns nicht hören können."

Tina schürzte die Lippen und stählte ihre Schultern, sagte aber nichts weiter.

„Wer ist das?", fragte Mel.

„Du hast doch nicht geglaubt, dass ich den Edelstein für mich selbst haben will, oder?", antwortete Tina. Sie streckte eine Hand aus. „Lass uns einfach den Handel über die Bühne bringen und nichts Schlimmes wird passieren."

„Was geht hier vor, Mom?" Kristas Worte klangen beißend.

Tina antwortete immer noch nicht. „Gib mir einfach meinen Stein. Bitte."

Mit einem Schnauben zog Krista den Samtbeutel aus ihrer Hosentasche und reichte ihn ihrer Mutter. „Gut, hier ist dein blöder Stein. Wir sind fertig." Sie sah Mel an und nickte Bob zu. „Richtig? Geschäft abgeschlossen?"

Mel nickte. „Ja. Danke für eure Hilfe." Sie hatte das letzte Wort kaum ausgesprochen, als zwei Männer aus dem Truck stiegen. Mel lief es eiskalt den Rücken hinunter. Sogar auf dreißig Meter Entfernung konnte sie erkennen, dass etwas mit ihnen nicht stimmte. Ihre Haut war weiß und leuchtete fast im schummrigen Mondlicht. Und sie bewegten sich mit einer schlangenartigen Anmut, die nicht zu einer menschlichen Form passte. Mel sah, dass Tina sie kurz ansah. „Du hast uns angeheuert, für Vampire zu arbeiten?", zischte sie.

Krista wollte gerade weggehen, blieb dann aber stehen. „Wolltest du uns umbringen?"

„Es ist alles in Ordnung", sagte Tina. „Ich habe schon mit einigen von ihnen gearbeitet. Und ich bin noch sehr lebendig."

Mel war nicht so zuversichtlich. Aber sie ging in Gedanken schnell die Möglichkeiten durch, warum die Vampire Lukes besonderen Edelstein wollen könnten. „Ist er magisch?", fragte sie.

Der Samtbeutel war bereits aus Tinas Händen verschwunden. „Ist das wichtig?" Ihr Tonfall deutete darauf hin, dass es keine Frage war.

Beide Vampire waren schon zu nahe, um weiter zu streiten. Sie nickte Krista zu, damit sie den Abhörschutz deaktivierte und sie reden konnten. Als sie näher kamen, sah Mel sie genauer an. Vampire konnten allen Ethnien angehören, aber diese beiden waren so weiß wie der Mond. Und wie bei jedem Vampir, dem sie bisher begegnet war, hatten sie etwas Merkwürdiges an sich: Ihre Haut sah aus, als würde das Blut nicht gleichmäßig durch ihre Venen fließen. Stattdessen schien es herumzuwirbeln und teilweise still zu stehen und überall seltsame rote Flecken zu hinterlassen. Und sie rochen falsch. Nicht nach Verwesung. Vampire waren keine Untoten, aber es war etwas kränklich-süßes. Welche Magie auch immer ihr Leben verlängerte, es war die dunkle Art von Magie, die Blutopfer erforderte. Und während Hexen nach Magie stanken, rochen die Vampire nach Tod.

Tina nickte dem braunhaarigen „Vladimir" und dann dem blonden „Ivan" zu. Russen, na großartig. Ob dies die Art von Vampiren waren, die wie Dracula lebten oder nicht, würde darüber entscheiden, wie viel Blut vergossen werden würde.

„Ms. Anders", sagte Vladimir mit einem breiten amerikanischen Akzent. Das deutete darauf hin, dass er alt war. Jeder, der jünger als hundert war, machte sich nicht die Mühe oder hatte nicht gelernt, seinen Akzent so gut zu verstecken. Die alten konnten überall so klingen, als wären sie dort geboren. „Das ist dein Mädchen?"

Mel ließ nicht zu, dass sie Angst bekam, obwohl ihr fast schlecht wurde, als sein Blick über sie glitt.

Tina lächelte, ihre Worte klangen freundlich. „Die Beste für den Job." Sie hielt den Samtbeutel hoch. „Ich habe ihr alles beigebracht, was ich weiß."

Das war lächerlich, und wenn die Situation nicht so schlimm gewesen wäre, hätte Mel gelacht. Aber Tina war verbal immer schon überlegen gewesen, das musste man jetzt nicht noch einmal herausfordern.

Vladimir sah Mel an. „Du hast ihr das gegeben, ja?" Sein Akzent war zwar richtig, aber seine Formulierung klang gestelzt. Vielleicht war er nicht ganz so alt wie ursprünglich angenommen.

Mel nickte.

Er streckte Tina eine Hand entgegen. „Dann gibst du es mir."

Mel hörte ein Auto die Straße entlangrasen. Dem Geräusch nach zu urteilen, musste es sehr schnell sein. Der Motor rumpelte und scheuchte einige Vögel aus einem nahe gelegenen Baum auf. Tina legte den Beutel in die Hand des Vampirs, als am anderen Ende der Auffahrt Scheinwerfer aufleuchteten und Mel vorübergehend blendeten.

Vladimir zog schnell seine Hand weg. „Was zur Hölle ist das?" Jetzt hörte man den russischen Akzent. „Du hast andere Käufer?"

„Was? Nein!" Tina sah Mel an, aber weder Mel noch der Rest ihres Teams sagten etwas.

Ivan berührte Vladimirs Arm und die beiden sprachen leise auf Russisch. Mel konnte sie wegen des Motorengeräuschs kaum hören und hätte sie sowieso nicht verstanden. Sie tauschte Blicke mit Tina, Krista und Bob.

Eine Autotür wurde aufgestoßen und das wütende Brüllen eines Löwen durchdrang die Nacht.

KAPITEL ZEHN

UND DIE HÖLLE BRACH LOS. Die Vampire rannten los, nahmen den Edelstein mit und überließen Mel, Krista, Bob und Tina ihrem Schicksal. Natürlich versperrten ihnen die Löwen den Weg. Im Bruchteil einer Sekunde wechselte jemand von Mensch zu Katze und stürzte sich auf Vladimir. Er nutzte den Schwung der Katze gegen sie, drehte die riesige Katze auf den Rücken und stieß sie zur Seite.

Eine schreckliche Sekunde erwog Mel zu fliehen. Sie konnte verschwinden und den Staat verlassen, bevor einer von Lukes Leuten merkte, dass sie weg war. Aber Krista und Bob würden seiner Gnade ausgeliefert sein. Wenn es nach ihr ging, konnte er Tina haben.

„Gib mir die Karte", sagte sie zu der älteren Hexe. Tina widersprach nicht, sie reichte Mel die Notiz und wandte sich ab, ihre Gestalt verschwamm in der Nacht.

„Echt jetzt?" Kristas Stimme war voller Verachtung. „Ich weiß nicht einmal, warum ich überrascht bin."

Es gab nichts Wichtiges im Haus, aber Mel war die Einzige, die auf der Stelle verschwinden und hoffen konnte, davonzukommen. „Bob?", fragte sie. „Einschätzung." Sie hatten nur noch eine Minute Zeit, bevor die Löwen sich auf sie stürzen würden. Sie brauchten einen Plan.

„Sechs Löwen, drei in menschlicher Form, zwei verwandelt, einer teilweise. Sie kamen in zwei Trucks, bei beiden läuft noch der Motor. Gleiches Modell und Schmutzspritzer wie der, in dem die Vampire gekommen sind. Die Vampire haben ihn wahrscheinlich von ihnen gestohlen. Ich nehme an, sie sind hinter ihm und diesem kleinen Stein her." Bob sah Krista an: „Überhaupt keinen Saft mehr?"

Sie schloss die Augen und holte tief Luft. Mel konnte einen Anflug von Macht spüren. Es war die beängstigende Art, tief und dunkel und tödlich. „Nicht viel, und wenn ich den Rest meiner Kraft eingesetzt habe, bin ich aus dem Spiel."

Er nickte und sah Mel an. „Was ist besser, volle oder teilweise Verwandlung?"

„Ich kann dir Krallen geben", sagte sie zu ihm. „Was brauchst du?"

„Ich kann Krista und mich hier rausbringen, aber du wirst rennen müssen." Er wandte sich an Krista. „Kannst du etwas tun, um die Autos lahmzulegen? Die Motoren in die Luft jagen oder was auch immer?"

Krista lächelte. „Ich habe da etwas."

Bob legte eine Hand auf Mels Schulter und drückte sie kurz. „Sobald wir die Bäume erreicht haben, musst du dir keine Sorgen mehr um uns machen." Mel sah hinüber. Es waren mindestens dreißig Meter bis zum Wald, und dazwischen waren wütende Werkatzen und Vampire. Aber Bob sprach weiter. „Wir treffen uns in Illinois. Zwei Tage."

Mel holte tief Luft und grinste. Adrenalin floss durch ihre Adern. „Lass es uns durchziehen."

Sie brauchten keine weiteren Worte. Mel sorgte für Ablenkung, während Bob und Krista machten, dass sie rauskamen. Sie hatten dieses Spiel schon hundert Mal gespielt, und Mel war froh, mit Leuten zusammenzuarbeiten, die genau verstanden, wie man aus einer aussichtslosen Situation herauskommt.

Sie stopfte die Holzkiste in ihre Tasche und ließ Krallen aus einer Hand wachsen. Kämpfen war nicht ihre bevorzugte Reaktion, aber sie konnte sich bei Bedarf behaupten. Sie verwandelte nur eine Hand, so dass sie weiterhin von der Geschicklichkeit ihrer anderen Hand Gebrauch machen konnte. Sie musste in der Lage sein,

Gegenstände aufzuheben und zu greifen. Krallen waren dafür nicht geeignet.

Kristas Hände leuchteten blau, während sie sang. In Mels Ohren gab es einen Knall und Krista sackte zusammen, ihre Magie war erschöpft. Die Autos in der Einfahrt gaben ein lautes Knallen von sich und bei einem schossen Flammen unter der Motorhaube hervor. Krista hatte ihren Job erledigt – sie hatte die Autos außer Betrieb gesetzt. Bob hob Krista auf und joggte langsam in Richtung des Waldes. Etwas in seiner Magie half ihm, mit der Umgebung zu verschmelzen. Mel hatte keine Ahnung, warum er in Sicherheit sein würde, wenn sie den Wald erreichten, und sie hatte nicht vor, zu fragen. Er würde die Frage nicht beantworten, aber sie wusste, es würde funktionieren.

Aber sie mussten eine bestimmte Distanz zurücklegen und sie musste sicherstellen, dass sie nicht abgefangen wurden.

Sie ging direkt auf den brüllenden Löwen zu.

Einige hätten das als Selbstmord betrachtet. Aber sie ließ sich von ihrem Instinkt leiten. Die einzige Person, die sie auf dem Schlachtfeld brauchte, war der Alpha. Der Mann, dem sie gerade entkommen war und der sie, soweit sie wusste, voller Wut jagte.

Sie überwand in wenigen Sekunden die Distanz zwischen ihrem Standort und dem Schlachtfeld, lief direkt auf Luke zu und schlug ihn mit ihrer

Krallenhand. Das sicherte ihr seine Aufmerksamkeit. Wortlos rannte sie los, in die entgegengesetzte Richtung, in die Krista und Bob geflohen waren. Der Löwen-Alpha folgte ihr, sie wusste, dass er das tun würde. Etwas sagte ihr, dass er sicher nicht widerstehen konnte.

Luke war nicht völlig verwandelt, und aus diesem Grund dachte sie, sie hätte eine Überlebenschance. Wie sie hatte er nur eine Hand mit Krallen, allerdings wuchsen auch lange Zähne aus seinem Mund. Mel hatte weder die Zeit noch die Fähigkeiten, seine Verwandlung nachzuahmen. Aber ihr Ziel war es nicht, gegen ihn zu kämpfen, sondern ihn nur weit genug weg zu locken, um ihn abzulenken.

Gefallene Äste und Unterholz waren kein Hindernis für sie, als sie die Waldgrenze gegenüber dem Wald durchbrach, in den Bob und Krista gelaufen waren. Selbst bei dem schwachem Licht konnte sie gut genug sehen und bei ihrer Geschwindigkeit verließ sie sich sowieso mehr auf ihren Instinkt.

Für einen Moment erinnerte sie sich an ihre Kindheit, als sie mit ihren Eltern durch den Wald gerannt war. Sie blieben immer in ihrer menschlichen Form, da sie zu jung war, um sich zu verwandeln. Aber jede Woche gingen sie durch den Wald auf ihrem Land, da wo er am dichtesten und undurchdringlichsten war. Als Kind erschien es ihr immer, als seien sie ewig unterwegs. Und sie landeten immer an diesem alten Brunnen, der lange vor ihrer Geburt mit Brettern verschlossen worden und der mit Moos und Efeu bewachsen war.

Mel verdrängte den Gedanken. Auf einer Flucht ums Überleben, um ihre Freiheit, konnte sie sich nicht die Zeit nehmen, sich an Dinge zu erinnern aus einer Zeit, in der sie nicht alt genug war, um sich überhaupt richtig an irgendetwas zu erinnern. Sie konnte fühlen, wie Luke näher kam. Sie war schnell, aber seine längeren Beine und seine Vertrautheit mit dem Gelände arbeiteten gegen sie.

Aber Mel war noch nie ein Problem direkt angegangen, das sie indirekt angehen konnte.

Sie sprang hoch, griff mit ihren Krallen nach einem Ast und schwang sich in die Bäume. Es war ihr egal, ob Luke sie sah. Es würde keine Rolle spielen.

Die Äste waren dick genug, dass sie sich selbst in ihrer ungeschickten menschlichen Gestalt auf ihnen bewegen konnte, zwar langsamer, aber dafür gut versteckt. Luke holte sie schließlich ein und hielt inne, nur ein paar Meter von der Stelle entfernt, wo sie sich auf ihn stürzen konnte. Er duckte sich tief, um ihre Duftspur besser aufnehmen zu können, aber ihre Spur endete schon ein Stück vorher.

Mel verharrte vollkommen bewegungslos. Sie

atmete nicht einmal, bis er sich wieder bewegte. Er umkreiste langsam die Baumgruppe und versuchte herauszufinden, wohin sie gegangen war. Ihr Herz pochte, Aufregung sang durch ihre Adern. Dies war sogar noch besser als ihr Abstecher nach Biloxi, wo der Besitzer – der frühere Besitzer – einer der wertvollsten Sammlungen antiker bayerischer Reichtumszauber sie vor seinem Gebäude mit einer Tasche erwischte, die voll mit den besten Stücken seiner Sammlung war.

Es schien, als hätte Luke diese Wirkung auf sie.

Aber obwohl ein Teil von ihr vom Baum springen, ihn in sein Ohr zwicken und wieder losrennen wollte – ihn dazu bringen wollte, sie zu jagen und zu fangen, und all den Spaß zu haben, der damit einhergehen konnte – trotz alledem blieb sie vernünftig. Sein Brüllen war viel zu intensiv gewesen für einen kleinen Dieb. Und obwohl sie das Risiko liebte, hatte sie keine Lust zu sterben.

Sie musste nur warten, bis Luke an sich zweifelte. Im Moment wusste er, dass sie dort sein musste, wo sie war, aber sie wusste, dass er sich selbst einreden würde, dass sie irgendwie entkommen war, dass seine Sinne ihn getäuscht hatten, wenn sie lange genug wartete.

Nach einer schier endlos erscheinenden Zeit ging er weg, ein weit entferntes Geräusch hatte seine Aufmerksamkeit erregt. Mel atmete erleichtert aus, aber sie bewegte sich immer noch nicht. Sie konnte nicht, bis sie sicher war, dass er sie nicht weiter verfolgte.

Ein brechender Ast war ihre einzige Warnung, eine halbe Sekunde, bevor Luke sich von einem nahe gelegenen Baum auf sie stürzte. Sie krachten durch die Äste und fielen auf den Boden. Alles tat weh, als er auf ihr landete, aber nichts war gebrochen. Ihr einziger Vorteil war, dass er ihre Krallenhand nicht am Boden festhalten konnte. Sie grub ihre Krallen in seinen Oberschenkel, Blut lief heiß über ihre Finger.

„Wo ist sie?", brüllte er mit gebleckten Zähnen. Es schien ihm egal zu sein, dass sie seine Muskeln auseinander riss.

Mel kämpfte einen Moment lang, konnte den wütenden Alpha aber nicht von sich stoßen. Sie konnte ihn nicht besiegen. Er war zu stark, zu groß. „Ich kann nicht sagen, dass ich überrascht bin, dass wir uns in dieser Position befinden, aber ich dachte, ich würde auf etwas viel Weicherem liegen, wenn ich dich auf mir hätte", schnurrte sie. Für einen Moment formte sich das Bild in ihrem Kopf, aber sie schob es weg, bevor die Erregung greifen konnte.

Luke legte eine Hand um ihren Hals und ließ eine Klaue aus seinem Zeigefinger wachsen. Sie spürte, wie sie in die empfindliche Haut ihres Halses stach. „Du wirst Schmerzen erleiden, wie du sie noch zuvor nie erlebt hast, wenn du mir nicht sagst, was du mit ihr gemacht hast. Fünf Sekunden, bevor ich dir die Hälfte deiner Kehle herausreiße."

Er meinte es ernst. Ein erfahrener Lügner konnte eine solche Wahrheit erkennen, besonders wenn es sich um Drohungen handelte.

Mel zog ihre Krallen nicht ein, aber sie hörte auf, sie ihn sein Bein zu schlagen. „Von wem redest du?" Aber als sie die Frage stellte, hatte sie das Gefühl, zu wissen, von wem er sprach. Immerhin hatte sie auf Lukes Anwesen nur zwei Frauen getroffen, und Maya brauchte keinen Alpha, der sein Leben riskierte, um sie zu retten.

„Dein Geruch war überall in der Garage, ich konnte sie in deinem Zimmer riechen." Er knurrte. „Ich weiß, dass du sie entführt hast, also wo ist sie?"

„Geh runter von mir und ich werde dir alles erzählen, was ich weiß." Ehre war etwas für gute Menschen, Mel war eine Überlebenskünstlerin.

Er ging nicht von ihr runter, aber er nahm seine Hand von ihrem Hals. Eine Verbesserung. „Ich glaube dir kein Wort. Du bist eine Lügnerin, eine Diebin, und du hättest alles getan, um zu entkommen." Er war vollkommen außer sich. Ein Alpha definierte sich durch die Menschen, die er anführte und beschützte. Cassie war Lukes Schwachstelle. Wenn Mel ihn verletzen wollte, wusste sie genau, wo sie zuschlagen musste.

Sie zog ihre Krallen ein und drückte gegen seine

Beine. Sie bekam ihre Hüften frei. Das gab ihr mehr Spielraum, auch wenn sie nicht kämpfen wollte. „Ich bin eine Diebin", sagte sie in beißendem Ton, „aber ich bin kein *Idiot*." Sie zog ihre Hand hoch um sie gegen seine Brust zu drücken und streifte dabei einen spektakulär geschmeidigen Stein. Er rührte sich keinen Millimeter vom Fleck. „Denk nach. Was hätte ich davon, wenn ich Cassie entführen würde? Ich wollte abhauen. Warum sollte ich dir einen weiteren Grund geben, mich zu verfolgen?"

Das ließ ihn innehalten. Verwirrung huschte über sein Gesicht. Aber er stählte sich nach einem Moment und hielt eine ihrer Hände über ihrem Kopf auf den Boden fest und die andere an ihrer Seite, direkt über diesem Stein. „Ihr Geruch war in deiner Zelle! Lüg mich nicht an."

Es war kein Stein. Mel ignorierte den Mann, der auf ihr lag und versuchte, ihre Finger um den Teleportierungszauber zu legen, den Krista ihr gegeben hatte. Während des rasenden Laufs hatte sie vergessen, dass sie ihn hatte. Alles was sie tun musste, war, ihn zu brechen und sie war frei. Aber sie konnte nicht die nötige Hebelkraft aufbringen. Sie sprach und versuchte ihn abzulenken, während sie versuchte, sich zu bewegen. „Sie wollte, dass ich sie beiße. Sie hat deine Wache ausgeschaltet. Ich habe sie nur gefesselt. Ich brauchte sie nicht, um zu fliehen."

Aber Luke war zu sehr außer sich, um ihr

zuzuhören. Es war sowieso egal. Mel hatte den Zauberstein in ihrer Faust. Sie zerdrückte ihn mit aller Kraft, zerbrach das Glas und ließ die Magie frei und dachte an einen sicheren Ort. Nach einem kurzen Moment, in dem die Magie um sie herum wirbelte, löste sie sich in Rauch auf in der Hoffnung, dass Kristas Zauber sie nicht töten würde.

Sie hörte ihren Alpha in die Leere brüllen.

KAPITEL ELF

LUKE FIEL NACH VORNE, als Mel sich unter ihm in Nichts auflöste. Er stieß ein lautes Heulen aus, Wut kochte in ihm, als seine Diebin ihm ein zweites Mal entkam. Er fuhr mit seinen Krallen durch ihre zurückgelassenen Kleider. Die Frau war weg, aber sie hatte ihre Kleidung zurückgelassen, die mit ihrem Geruch getränkt war. Er zerriss sie mit seinen Krallen und hielt erst inne, als er fast eine kleine Holzkiste zerdrückt hätte.

Das war merkwürdig. Warum sollte sie so etwas in einer Schlacht bei sich haben?

Er hörte einen Zweig rascheln, als Maya zu ihm kam. „Einer der Vampire hat gestanden, den Truck gestohlen zu haben. Er sagte, deine Diebin hat es nicht getan.“

Luke hielt die Schachtel fest an sich und drehte sich zu ihr um. Maya hatte unnatürlich dunkle Blutflecken im Gesicht, ein Beweis für einen siegreichen Kampf. Aber er konnte einen blauen Fleck erkennen, der sich bereits unter ihrem Auge bildete. „Da waren zwei Vampire."

Sie spitzte die Lippen. „Einer ist entkommen."

„Ist der andere noch am Leben?" Er ließ seine Worte so bedrohlich wie möglich klingen. In seiner Stimmung war das genug.

Sie wurde blass. „Mehr oder weniger."

„Gut."

Maya erblickte den Haufen Kleider, über den Luke gebeugt war. „Also ist sie entkommen?", fragte sie. „Nackt?"

Er hielt die Schachtel hoch und zeigte sie Maya, bevor er sie aufklappte. Im Inneren befanden sich ein Schließfachschlüssel und eine Karte mit einer Adresse. Wahrscheinlich die Adresse einer Bank. „Ich denke, sie wird das wiederhaben wollen." Er stopfte die kleine Holzkiste in seine Tasche und begleitete Maya zurück zu ihrem Gefangenen. Er musste seine Schwester retten, einen politischen Albtraum bewältigen und eine Diebin fangen.

Das Leben wurde aufregend.

MEL MATERIALISIERTE sich um Mitternacht schreiend im Zentrum von Trent Crossing, Utah. Und das wusste sie nur, weil das Schild am Straßenrand stolz auf 363 Einwohner hinwies. Zum Glück war die Stadt so klein, dass niemand da war, der ihren kleinen Zaubertrick sah. Sie keuchte, nur durch das rot blinkende Licht einer Ampel beleuchtet, und zog eine Bilanz ihrer Situation.

Sie brauchte einen Moment, um zu erkennen, dass sie nackt war.

Als sie das merkte, fiel sie auf die Knie und sah nach, ob der Schlüssel für das Schließfach auf wundersame Weise mit ihr gekommen war. „Komm schon, komm schon", bettelte sie. „Wo zum Teufel bist du?" Im schwachen Licht konnte sie deutlich sehen, und das frustrierte sie nur noch mehr.

Der Schlüssel war noch in Colorado. Wahrscheinlich direkt unter Luke Torres.

Verdammt noch mal.

Mel geriet nicht in Panik. Das konnte sie sich nicht erlauben. Sie erinnerte sich an die Nummer des Schließfachs und die Adresse der Bank. Der Verlust eines Schlüssels war eine Unannehmlichkeit, keine Tragödie. Eine Bank auszurauben war einfach, als würde man einem Baby seine Süßigkeiten wegnehmen. Nichts, worüber man sich Gedanken machen musste.

Scheinwerfer leuchteten auf und erhellten ihre nackte Gestalt.

Ein schwarzer Pickup hielt neben ihr an. Ein alter Mann, menschlich und mindestens Mitte siebzig, sah sie an. „Sieht so aus, als hätten Sie ein kleines Problem, junge Dame." sagte er. Er griff irgendwo hin und warf ihr dann ein T-Shirt zu.

Mel zog es an. „Danke", sagte sie. „Könnten Sie mich eventuell in die nächste größere Stadt mitnehmen?"

Der Mann schien etwas misstrauisch. Sie nahm es ihm nicht übel. Nackte Frauen mitten auf dem Dorfplatz bedeuteten normalerweise nichts Gutes. „Ja, ich glaube, das kann ich machen. Steigen Sie ein." Sie stieg zu ihm in den Wagen und wickelte eine Decke um sich, bevor sie den Sicherheitsgurt einklinkte. Es war ein langer Weg bis nach Illinois. Aber sie würde sich ihre verdammte Bezahlung holen und den Löwen-Alpha hinter sich lassen.

Vielen Dank, dass Sie *Der Raubüberfall* gelesen haben!

Wenn Ihnen das Buch gefallen hat, würde ich mich über eine Bewertung freuen. Wie die Geschichte weitergeht, erfahren Sie in *Der Fluch*.

Wenn Sie über neue Veröffentlichungen informiert werden möchten, abonnieren Sie den Newsletter von Kate Rudolph.

DER LÖWE und die Diebin

Der Raubüberfall

Der Fluch

Die Quelle der Macht

ÜBER KATE RUDOLPH

Kate Rudolph ist eine U.S.-amerikanische Autorin von paranormalen und Science-Fiction-Liebesgeschichten. Sie liebt es, Geschichten über taffe Heldinnen und die heißblütigen Helden zu schreiben, die sie lieben. Sie verschlingt Liebesromane, seit sie zu jung war, sie zu lesen, und sie musste ihre Bücher verstecken, damit niemand sie ihr wegnehmen konnte. Sie kann sich keinen besseren Job auf dieser Welt vorstellen, als Liebesromane zu schreiben und sie mit anderen Lesern zu teilen.

Wenn Ihnen diese Geschichte gefallen hat, hinterlassen Sie gerne eine Bewertung.

www.ingramcontent.com/pod-product-compliance
Lightning Source LLC
Chambersburg PA
CBHW030641190726
48286CB00008B/2611